屋根裏のラジャー

ノベライズ／岩佐まもる
協力／スタジオポノック

角川文庫
23855

目次

プロローグ

見たこともない鳥。
見たこともない花。
見たこともない風。
見たこともない夜。
そんな素敵なもの、見たことある？

※

ぼくの名前はラジャー。
歳は三ヶ月と三週間と三日。
ぼくはここで生まれた。
アマンダが想像した世界で。

※

アマンダはいつも素敵な世界を想像する。
働き者の巨人。
海みたいなクジラ。
おしゃべり好きのリス。
宇宙を走るイモムシ列車なんかも。

※

ぼくとアマンダはここで誓った。
どんなことがあっても。
消えないこと。
守ること。
それと、ぜったいに泣かないこと。

※

きみにもいる？
ぼくみたいな誰にも見えない友達。

※

昔、子どもだった大人たちは。
ぼくたちのことをこう呼ぶんだ。
イマジナリ、って。

第一章　見えない友達

1

朝からずーっと、雨だった。

「どっかにない？　晴ればっかの国って」

そう言って、その女の子は頭の上に広がる灰色の空をつまらなそうに見上げた。

場所は、学校の校舎を出てすぐ。雨に濡れずにすむ透明な屋根の下。

校門へ続く道にはカラフルな傘がいくつも開いてる。ぼくの目にはきれいなキャンディボックスみたいに見えるんだけど、その子はそういう景色も気に入らないらしい。学校の時間が終わって教室を出た時から「雨は嫌いだ」っていう話をしていた。名前はジュリア。アマンダのクラスメイトなんだそうだ。

ジュリアが愚痴ってる横で、アマンダは地面に生えた小さな花に手を伸ばしていた。花びらに雨粒が浮かんだ青い花。そっと摘んで、ハンカチに挟む。

ハンカチをポケットに仕舞うと、アマンダは笑顔でジュリアにこう言った。

「雨の後は虹（にじ）が出るかもよ。約束の虹！」

「約束？　なにそれ？」

「雨が降った後に虹を見てると、大切な約束を思い出せるんだって」

アマンダが雨雲の広がった空を見上げながら、そこまで説明した時、

「ジュリアー」

「あ、ママだ」

校門の前に大きくて立派な車が停まっていた。車から降りてきた女の人がこっちにいるジュリアに向けて手を振った後、なぜか片足立ちになり、くるりとその場で回転してみせる。バレエのポーズ。

「うちの親は虹よりオーロラが好きなんだよなあ。パパなんか、ぜったいそう！」

「夏休みもバレエの練習？」

アマンダがたずねると、ジュリアは「うん」とうなずいてから、急に頬をふくらませた。

「そうだけど、ちがうの。聞いて！　パパったら、ひどいんだよ。この前なんか、朝起きてくるなり『今日は何の日だっけ？　なんか大事な日のはずなんだが、バレエの発表会だったかなあ』だもん。その日、私の誕生日だったのよ！　信じられる？」

話を続けるジュリアの前で、アマンダからはさっきまでの笑顔が消えていた。

アマンダはパパがいないんだ。

「大人ってさあ、なんで大事なことばっか忘れちゃうわけ？」

　ジュリアがまだぷりぷり怒ってる。

　そこへ、

「ジュリアー、時間よお」

　ジュリアのお母さんの急かす声がした。

　小さくため息をついて、そっちを見てから、ジュリアはもう一度アマンダに向き直った。

「じゃ、またね」

「バイ、ジュリア」

　傘をささずに駆け出したジュリアが、お母さんのところへ行き、車に乗りこむ。

「早く早く。レッスンの時間に遅れるわよ」

「分かってるってば、ママ」

　それを見送ってから、アマンダは自分の傘を開いた。

　傘の骨は一本、折れていた。


　スクールバスの中は、ちょっと嫌な匂いが立ちこめていた。

　雨の匂いだ。じめじめしていて、ぼくの鼻が曲がってしまいそうな匂い。

　バスに乗りこんだアマンダは、一番後ろの席に座った。

「おい、こっちこっち。ここ空いてるって！」

バスの中は、アマンダと同じ学校の子たちでいっぱいだった。特に、アマンダの近くの席にいる男の子たちは大騒ぎしてる。

「てい！　てい！」

「うりゃー」

自分の傘を振り回し、周りの子たちとチャンバラ中。あぶないなあ。

と、そこで、前の方から別の男の子がこっちへ近づいてきた。背はアマンダより低い。アマンダより年下の子かもしれない。手に「かいじゅう」って題のついた絵本を抱えている。

男の子がそばまで来ると、アマンダは隣の席に立て掛けていた自分の傘をどけた。そして、笑顔で男の子に声をかけた。

「先に言っとくね！　どういたしまして」

男の子は一瞬きょとんとした顔になった。

けれど、すぐに、

「ありがとう」

小さな声でお礼を言ってから、アマンダが空けた隣の席に座る。

バスが「ブロロン」というエンジン音を立てて発車した。

絵本を開く男の子の横で、アマンダはバスの窓に顔を向けた。

窓の向こうには、雨に濡れた町があった。

通りにたくさん並んだ建物。レンガで造られたものが多くて、大きな建物はほとんどない。アマンダのママは、この町のことを「でっかい田舎町」って呼んでいた。都会では絶対ないけれど、ド田舎ってほど寂れた町でもない——そういう意味なんだそうだ。

スクールバスはいくつかのバス停で停まり、そのたびに学校の子たちを降ろしては、町の中をどんどん進んでいく。

そうして、バスはアマンダが降りるバス停についた。

バス停のすぐ近くには、少し変わった形の家が建てられていた。

周りの家に比べると、屋根がかなり尖(とが)ってる。まるでおとぎ話に出てくる魔女の家みたいな、ちょっとメルヘンチックな建物。斜めに傾いた屋根から下に目を向けると、そこにあるのは曇ったショーウインドウだ。ガラスの向こうに雑誌や絵本が並んでいる。

本屋なんだ。

お店の名前は、シャッフルアップ書店。

アマンダのおうちでもある。

ただ、よく店の中をのぞいてみると、並べられた本の数はそんなに多くなかった。棚もほとんど空いている。ショーウインドウには「閉店セール」の張り紙が貼られていた。

バスを降りて、お店の前で一度立ち止まったアマンダは、その張り紙を少しにらむような目で見てから、ぷいと顔をそむけた。

※

がらんごろんとアマンダが店のドアを開けると、真っ先に聞こえてきたのはアマンダのママ、リジーの声だった。

「今日ですか？　はい……午後五時……ええ！　はい！　必ずおうかがいします！」

店の奥にある店長さん用の部屋で、ママは電話の受話器を耳にあて、弾んだ声で誰かと話をしている。

「お帰り！　アマンダ姫」

お店の中に入ったアマンダに、ゴールディが明るく声をかけてきた。こっちはママより年下の女の人で、ご近所さんの大学生。このお店のたった一人の店員さんだ。

「ただいま」

エプロンをつけたゴールディとハイタッチすると、アマンダは店の隅にある階段へ向かった。

この家は一階部分がお店で、二階から上がアマンダとママの暮らす部屋になってる。

アマンダが階段に足をかけると、チンっていう音がして、ママが電話を切った。扉のない奥の部屋から出てくると、ママはやっぱりうれしそうな声でアマンダじゃなく、ゴールディにこう言った。

「ゴールディ、受かった、書類審査。面接に来てくれって！」

「おめでとう！」

と、ゴールディも笑顔になった。

「新しい人生の始まりだね」

「大丈夫かな……結婚してから、本屋しかやってこなかったからさあ」

「心配しない。シャッフルアップ書店の名物店長リジー様だよ。大丈夫！」

「だといいけど――」

アマンダは二人の話に加わらず、さっさと階段を上っていった。その間もママとゴールディの話は続いてる。

「……今日で最後ね。この店も」

「リジー、ここまで大変だったと思うけど、応援してるよ」

「ありがとう、ゴールディ。じゃあ、応援ついでに、今日の夜なんだけど」

「アマンダね。オッケ！　任せて」

「助かる！」

遠ざかる二人の声。アマンダの耳にはもう届いてないかもしれない。

二階に上がったアマンダはそこで足を止めず、さらに階段を上り、屋根裏部屋に入った。

濡(ぬ)れたスニーカーを脱ぎ捨て、持っていた傘をクローゼットの中に放りこむと、服を着替え始める。

——そろそろいいよね、さすがに。

ぼくは息を吸いこんだ。

そうやってから、これまでずっと閉ざしていた唇をやっと開いた。

「もうしゃべってもいい？」

シャツと短パンに着替えたアマンダが振り返って笑った。

「いいよ」

「ぷっはー」

と、ぼくは大きく息を吐いた。

「テス、テス、マイクのテスト中。ヒューストン、聞こえますか？」

せっかくぼくが宇宙飛行士になりきって電波を飛ばしたっていうのに、これにはアマンダは返事をしてくれなかった。壁際に置いてあった棚によじのぼり、少し高いところにある屋根裏部屋の窓を両手で押し上げてる。

ぼくは首をすくめてから、アマンダにまた声をかけた。

「ねえ、なんで学校でしゃべっちゃいけないのさ？」

「今日はラジャーがどうしてもって言うから、連れてっただけ」

棚を下りたアマンダから、今度は言葉が返ってきた。

「ラジャーはわたしにしか見えないんだよ？　見えない誰かとおしゃべりしたら、みんな、驚くでしょ？」

　つまり、そういうこと。

　学校にいた時も、バスに乗ってた時も、そして、さっき家に帰ってきた時も、ぼくはずーっとアマンダの近くにいた。けど、ぼくのことはアマンダにしか見えない。ぼくはアマンダが想像した、アマンダだけの友達。

「ぼくが見えたら、最高の挨拶（あいさつ）、決めちゃうんだけどなあ。ヨウヨウ、ヘイヘイ、ぼくラジャー！　ってさ」

　ポーズを決めて話すぼくの前で、アマンダが星形の缶の中に、学校で摘んだ花を入れていた。

　と、そこへ、開いた窓から、ぼくたちのものじゃない声が飛びこんできた。

「えー！　じゃあ、デートは無しってこと？」

　アマンダとぼくは棚に足をかけて上がり、窓の外へ目をやった。お店の前に丸っこい車が停まってて、そばに傘をさした若い男の人が立ってる。前にぼくも見たことがある。あれはゴールディの「かれし」だ。

「リジーも大変なの。一人でアマンダを育ててるんだからね」

　お店の外にはゴールディも出てきていた。さっきまでと違ってエプロンを脱いでる。

きっと店番はもう終わりで、これから家に帰るんだろう。でも、夜はまた店に来るんじゃないかな？　ママにアマンダのことを頼まれてたから。

「…………」

アマンダは少しの間、黙りこんで、ゴールディたちのことを窓から見下ろしていた。けど、二人の姿が車の中に消えると、窓を離れて棚から下りた。屋根裏部屋に置いてあった古いラジカセの再生ボタンを押す。外の邪魔な音をかき消すみたいに、スピーカーから、賑やかでノリのいい曲が流れ始めた。

屋根裏部屋いっぱいにラジカセの音が広がると、アマンダはまぶたを閉じた。

すると、だ。

音楽を流すラジカセの表面が、冷凍庫で冷やされたみたいにすーっと白くなった。

と、まぶたを開いたアマンダが言った。

「ラジャー」

「今日はとびっきりの冒険を思いついた」

――ほらきた。

ぼくは笑って、よじのぼったままだった棚から飛び降りた。

「空から隕石が降ってくるやつ？」

たずねると、アマンダは「ちがう」と首を振って、屋根裏部屋の奥から大きな箱を引っ張り出してきた。長方形の、蓋のない衣装ケースみたいな箱。

「まさか、長ネギおばさんが襲ってくるやつじゃないよね？」

「あれはイマイチだった」

ぼくの質問に答えながら、アマンダは箱の縁にぬいぐるみをひっかけた。こっちはふさふさの長い毛を生やした牛のぬいぐるみだった。

「ほんとだよ。ウィンナーと一緒に鍋で煮こまれるなんて、あんなの嫌だったんだ」

ぼくはその時のことを思い出して身震いした。

ふと見ると、ぼくの吐く息が白くなっていた。いや、ぼくだけじゃない。アマンダの息も雪国にいるみたいに白くなってる。

「分かるよね？　いくら想像の中でも——」

「スープのダシにはなりたくない！　でしょ？　分かってるって」

アマンダがぼくの手を引っ張り、ぼくたちは箱に乗りこんだ。

すると、屋根裏部屋の床が急にガタガタ揺れ、辺りの景色がみるみるうちに変わっていった。

ぼくたちが乗った箱は立派なソリになり、牛のぬいぐるみはソリを引く本物の牛になる。それだけじゃない。ソリの下はもう床板じゃなく、真っ白な雪が敷き詰められた地面になっていた。そして、アマンダとぼくの服も、さっきまでとは全然違うものになってる。ぼくはモコモコのフードをかぶり、アマンダは耳当てをつけた雪国の女の子。

牛がいまにも駆け出しそうに、大きな足で雪をかいていた。

そう。

これがアマンダの想像。

時々、怖いものも出てくるけど、そのスリルだってすっごく楽しい、ぼくたちだけの世界。

「今日のは良さそう」

わくわくしながらぼくが言うと、ソリの中で前に座っていたアマンダがぼくの方を振り返った。

「ラジャー、神聖なる屋根裏の誓いを」

ぼくたちは互いの手のひらを重ねた。

声を合わせ、

「消えないこと。守ること。ぜったいに泣かないこと」

大事な誓いを口にしてから、アマンダが前を向く。

「行くよ、ラジャー！」

牛に引かれ、ソリが勢いよく滑り出した。

2

さっきラジカセから流れていた曲が、今も聞こえる。

だけど、そこはもう、ラジカセが置かれていた狭い屋根裏部屋じゃなかった。

天井も壁も床も、あっという間に消え、辺りに広がったのは雪の世界。しかも、ただの雪国じゃない。こんもり白い帽子をかぶった森の横には、魔法のクツやアメ玉を売ってる魔女の家がある。遠くに見える山では、きらきら光る青い氷で体を覆われた雪オオカミたちが走り回ってる。アマンダの想像は、いつだって素敵で、夢いっぱいで、ぼくをびっくりさせてくれるんだ。

ソリを引く牛に向かって、ぼくは叫んだ。

「行けーっ！」

えーっと、あの牛の名前は……そうだ。

ウシマル！

でも、ぼくがその名前を言うより先に、アマンダが、

「走れーっ、グリーンラガー！」

「なんだそれっ。ママのビールじゃないか！」

「キャッホーッ！」

叫ぶアマンダとぼくを乗せて、ソリが雪の上を滑った。のんびり屋に見えて、牛の足は結構速い。ぼくたちにとっては、雪の上でジェットコースターに乗ってるようなもの。学校から帰る時に乗ったバスなんかとは比べ物にならないスピードで、周りのものが後ろに飛び去っていく。

そうやって、しばらく速さを楽しんでいると、だんだんソリのスピードが落ちていった。牛の手綱を持っていたアマンダが、ジェットコースター気分を味わうのに飽きたみたいだ。

ソリの周りに濃い霧が生まれていた。ぼくが手を伸ばすと、手で雪をかいたように、すいーっと跡が残っていく、すごく濃い霧。

「ねえ、アマンダ」

ぼくは前に座ってるアマンダに声をかけた。

「今度さあ、ぼくが壁とか扉とか、すり抜けられるように想像してくれない？」

とんでもない、と言いたそうにアマンダは耳当てをつけた頭を左右に振った。

「やめてよ！　そんなの幽霊みたい」

「だって、この前なんてさあ。クローゼットの中で二時間だよ？　アマンダが扉閉めて出かけちゃうから」

ぼくの今の姿はアマンダが想像したもので、体もアマンダが想像したもの。

で、この体にできることは、アマンダたちとほとんど変わらない。壁に向かって目をつぶって走れば正面衝突だし、段差で足を踏み外せば転んじゃう。ついでに言うと、ぼくはアマンダの想像した友達だから、想像の世界のものじゃない屋根裏部屋のドアなんかを、自分で開けることはできない。

でまあ、ぼくとしては、扉を開けられないなら、すり抜けられるようになりたいわけで。

アマンダなら、どんなものだって想像できるはずだから、こう、ぼくを普通の人間っぽい体じゃなく、ちょっとだけオバケみたいにしてくれないかなあ、と。

だけど、アマンダはつんとすまして、

「いいじゃん。クローゼットはラジャーのお部屋みたいなもんだし、わたしが帰ってきたら、色んなところに行けるしさ」

「アマンダがいる時は最高だよ。でも、時々はさ。他の子と遊んだり——あ、もちろんぼくは見えないから一緒には遊べないけど。眺めてるだけでも楽しいしけど、ぼくがそこまで言葉を続けた時、

「いたっ」

急に横から何かが飛んできて、ぼくの頭にぽかりと命中した。

雪玉だ。

見ると、雪原を進むぼくたちのソリの横で、大勢の小人が雪合戦をして遊んでる。

——ん？

と、そこで、今度は妙な音が聞こえた。

どすんどすんという地面を揺らす、大きな足音。

そして、雪合戦をしている小人たちの横から、ぬっと巨大な影が姿を現した。

雪男だった。

ぼくやアマンダどころか、大人のママやゴールディの何倍もありそうな雪男。体がふわふわした毛で包まれてて、手には大きな箱を抱えてる。

「ラジャー、あれ見て」

アマンダの目が雪男の歩く先へ向けられていた。そこには氷でできた大きなツリーがあった。よく見ると、ツリーの周りにもたくさんの小人たちがいて、ツリーに飾りを取りつけている。

「これって……」

「クリスマスツリーじゃない？」

てことは、雪男が持ってる箱の中身もツリー用の飾りかな？

雪男が箱を雪の上に置いた。乱暴な置き方だったものだから、箱の中から色とりどりの飾りがごろごろとこぼれ落ちる。あんな大きな雪男が運んできた飾りだ。一つ一つが、ツリーの周りにいた小人の身長くらいある。

「わあああっ」

ある小人は驚いて逃げ回り、ある小人は転がるツリーの飾りを追いかけて走り出した。そして、そのうちの一人が、ぼくたちのソリを引く牛の前にいきなり飛び出してきた。

「！　アマンダ、ぶつかる！」

「うわっ！」

アマンダが大あわてで手綱を引いた。牛が大きな鳴き声をあげて方向を変える。それで何とか小人にはぶつからずにすんだけど、動きが急すぎた。ぼくたちのソリは牛についていけず、雪の上を横倒しになりながら滑る。

「わわわわっ……」

急な斜面だったら、ソリは滑り落ちていたかもしれない。ただ、そこはさらさらの雪が降り積もった、平らな地面の上だった。すぐにソリは止まるはず――そんなぼくの予想は間違ってはいなかったのだけれど、考えは少し甘かったみたいだ。

「!?」

いきなり、ぼくはぐいと後ろに引っ張られた。着ていたコートの襟首を誰かがつかんだせいだった。振り向くと、そこにさっきの雪男がいた。大きな手を伸ばして、ぼくのことをつまみ上げようとしてる。

「ラジャー！」

ソリの中からアマンダが叫んだ。

「アマンダッ！」

ぼくも叫んでアマンダに手を伸ばすけれど、とても届かない。あっという間に雪男の手で宙づりにされてしまう。放せったら！

でも、ジタバタもがくぼくのことなんかお構いなしに、雪男はくるりと後ろを向いた。そこにはあの氷でできたツリーがある。

雪男はひょいと、ぼくのことをツリーに引っかけた。

これって、ぼくもツリーの飾りにされたってことっ？

「ラジャアーッ！」

アマンダがまた叫ぶ。

大ピンチ。

でも、ぼくたちはここから知恵と勇気をふりしぼって、このピンチを――。

※

切り抜けることはできなかった。

というのも、突然、辺りに流れていたあのラジカセの曲が途切れたからだ。

がちゃっていう、それまでの雪国の中じゃ聞こえてきそうにない、何かのボタンを押したみたいな音。

ラジカセの停止ボタンが押された音だった。もちろん、押したのはアマンダじゃない。

冒険はこれからって時にアマンダはそんなことしない。

「アマンダ・シャッフルアップ！」

少し甲高い声が聞こえた。アマンダのママだ。声の調子がかなり怒ってる。

あの雪国はとっくの昔に消えていた。そこにママのピリピリした声が響き渡った。

「あれは、なに？」

「……ただいま、ママ」

今度はアマンダの声がした。

ぼくには二人の声しか聞こえず、姿が見えなかった。だって、ぼくは今、屋根裏部屋に置かれたクローゼットの中でハンガーに吊るされてるから。さっきの雪国なら、それがクリスマスツリーの一部だったんだけどね。でも、アマンダが想像するのをやめちゃうと、そこは扉が閉じた、暗くて狭いクローゼットの中。

「あれはなあにって聞いてるの！」

ママがまだアマンダのことを問い詰めていた。

「ママ、何っていうより……誰って言ったほうが、失礼にあたらないんじゃない？」

アマンダの言葉が終わらないうちに、ぼくのいるクローゼットが勢いよく開けられた。予想はしてたけど、クローゼットの前には、とっても怒ったママの顔があった。手には大きなバスタオルを持ってる。

ママは一度、アマンダのことを「何言ってるの、この子は」と言いたげに見てから、クローゼットの中にいたぼくのすぐ横に手を伸ばした。

「い……！」

自分に向けられたものじゃないって分かってても、一瞬、ぼくは声をあげそうになって、あわてて口を両手でふさいだ。そんなぼくの隣から、ママは何かを取り出した。それは傘だった。アマンダが家に帰ってきた時に放りこんだやつ。当たり前だけど、まだ乾いてなくて、くっついてた雨粒はクローゼットの中だけじゃなく、床にだってこぼれてる。

「アマンダ。傘は一階の傘立てに入れなさいって何度言ったら分かるの！　床も服も全部びしょびしょじゃない！」

　叱られたアマンダは、たった一言、

「ラジャーがやったのかもよ」

　あ。ひどい。

「な、なに言ってんだよっ」

　ぼくは小声で言い返しながら、クローゼットの外に出た。

　アマンダは知らない顔をして横を向いた。それは多分、ぼくに対してやったことだったんだろうけれど、ママは自分に対しての態度だと思ったみたいだった。ますます目を吊り上げて、

「あんたさあ、いつになったら、学習するの！」

「学校にいったら学習する」

「そういうこと言ってるんじゃないのっ！」

　ママのお説教はまだまだ続きそうだったけれど。

　そこで、開けっ放しになっていた屋根裏部屋のドアの向こうから、ベルの鳴る音が聞こえた。

一階のお店にだれか来たみたい。ゴールディが帰って、お店はもう閉めてるはずだから、お店のお客さんっていうより、アマンダの家に来たお客さんかな。何にしても、ぼくたちからするとラッキーかも。

アマンダのことを叱っていたママの肩が少し落ちた。

そうして、ママは両手に傘とバスタオルを持ったまま屋根裏部屋を出ていこうとした。するとと、傘の先からぽたぽた雨水がこぼれ落ちた。

アマンダがそれを見て、

「ねえ、ママ、床濡れてるよ」

足を止めたママがアマンダの方を振り返り、大きくため息をついた。

「時々、あなたのこと、ホント信じられなくなる」

そう言って、ママは持っていたバスタオルをアマンダに向かって放った。ばさりとアマンダと、その横にいるぼくの頭にバスタオルがかぶさる。

「あったかいココアいれるから。降りてらっしゃい」

「ラジャーのもね」

アマンダのその言葉にもう、ママは反応しなかった。屋根裏部屋を出ていく足音。

アマンダとぼくはバスタオルから頭を出して、お互いの顔を見合わせた。

「ふふ……」

笑い声は二人同時だった。

※

言われた通り、アマンダとぼくが階段を二階まで降りてみると、一階から、ママが誰かと話をしている声が聞こえた。

「……調査？　何についてですか？」

「今日の世界について。それと、今日の子どもたちについてですな」

男の人かな？

それも結構おじさんの。

アマンダが階段をさらに降りて、お店の入り口の方を階段の手すりごしにのぞいた。ぼくもそれにならう。

入り口のドアの近くに、ママと男の人が立っていた。ずいぶん派手な格好をしたおじさんだ。着ているのは目がチカチカするアロハシャツ。頭には絵描きみたいな帽子をかぶってて、目には眼鏡をかけてる。口ひげの下にある唇が少しひん曲がってるように見えたのは、ぼくの気のせいなんだろうか。

ん？

おじさんのそばにもう一人、別の人がいた。

こっちは女の子だった。

黒くて長い髪に、白い肌。でも、なんだか病気の人のような白さ。服や靴の色も暗くて、とにかく派手な男の人とはイメージが反対。どこか、絵本に出てくる幽霊みたいな雰囲気がある。

「何か証明するものはお持ちですか？」

ママがおじさんにそんなことをたずねていた。

「証明？」

「ええ。あなたがどなたかという」

ママとおじさんが話している間、女の子の方は一言も口をきかず、その場に突っ立ったままだった。

だけど、

「バンティングですよ。ミスター・バンティング。小鳥と同じ名前ですよ。ごぞんじでしょう？　この辺りでもよく見かける――」

おじさんの言葉の途中で、不意に女の子がこっちを見た。

アマンダとぼくに向けられた両の目。

ひどく暗い目だった。まるで、ガイコツの顔の中にぽっかりとあいた穴みたいな。

「！」

一瞬、体が強張(こわば)ったのはぼくだけじゃなかったらしい。隣にいたアマンダもびくっと震えた。二人して体を寄せ合う。何だか怖かったからだ。

こっちを見た女の子は、隣にいたおじさんのアロハシャツをくいくいと引っ張った。

「ほら、かわいい鳥の――」

ママと話をしながら、アロハシャツのおじさんがぼくたちへ目を向ける。

「!?」

途端に、おじさんは眼鏡の奥にある目を大きく開き、口を閉じた。そして、急に鼻をひくつかせ始めた。くんくん、くんくん、まるで野良犬が残飯の匂いを嗅いでるみたいに。

「雨の中、言いにくいんですが、今日は予定がいっぱいで」

ママがさっきまでと違い、今度は迷惑そうな声でおじさんに話しかけていた。

「良かったら、その用紙、置いていってください。後で――」

「いやいや、もう結構」

辺りの匂いを嗅いでいたおじさんが、鼻をひくひくさせるのをやめて、ママの言葉をさえぎった。

「調査は済みました」

「はい？」

「いや、失礼。それにしても」

おじさんはママに向かってニヤリと笑ってみせてから、もう一度、すうと大きく息を吸いこみ、

「実に良い香りがしますな。この本屋は」

突然、「カンッ」っていう音がした。

おじさんが持っていた傘の先で床を突いた音だった。カンッ、カンッ。

そうやって、おじさんはあの黒い女の子と一緒にお店を出て行った。

最後の最後まで女の子は口をきかなかった。


「おかしな人ね」

あきれたようにママがつぶやいた。

「子どもたちの調査って」

それを聞いて、ぼくはやっと肩から力を抜いた。なんだか、ずっと体が硬直してしまって、動けずにいたんだ。理由は全然分からなかったけれど。

ママがお店の中を歩いて、ぼくたちのいる階段の方へやってくる。

アマンダがママに声をかけた。

「あの子もちょっと変わってたね」

「あの子？」

階段を上がって二階へ向かいながら、ママは首をひねった。

そんなママの目を見て、アマンダは、

「隣にいた女の子」

「どの子よ？」

訳が分からないという顔をしてから、ママはぼくたちの横を通りすぎていった。

「ラジャー」

アマンダが今度はぼくにたずねてきた。

「わたしが考えてること、分かる？」

分からないはずがないさ。

「ぼくだけじゃないんだ」

ぼくはアマンダじゃなく、あのおじさんと女の子が出ていったお店の入り口を見た。

「見えない友達って」

間奏　エリザベス・シャッフルアップ

※

エリザベス・シャッフルアップには、途方に暮れる暇などなかった。

エリザベス——つまり、リジーの愛称で呼ばれる彼女は、れっきとした大人だったし、大人である以上、夫が亡くなった後、全ての責任が彼女の肩にかかってくるのは当然のことでもあった。夫と始めた本屋のこと、これからの生活、そして、何より娘のアマンダを育てていくこと。

悲しみに浸っている余裕などない。

リジーは全てを天秤にかけていかなければならなかったし、それぞれの重さを計って、必要がない、うまくいかないと判断したものは、どんどん切り捨てていくしかなかった。夫と一緒に始めた本屋を閉めて、新しい仕事を探すこともその一つだった。

「そ、まずは面接から」

二階のリビングのソファに腰かけたリジーは、電話口の向こうにいる母親と話をしていた。

「祈ったところで、パンが天から降ってくるわけじゃないわ」

聖書に引っかけた言葉を口にしながら、リジーはココアのカップに手を伸ばし、口をつけた。ちなみにリジーが用意したカップは三つだ。うち一つはリジーの前のテーブルに、もう二つはリビングと繋がったキッチンで、椅子に座ったアマンダの前に置いてある。もちろん、リジーにはアマンダ以外の子はいない。この家にはオーブンという名の飼い猫もいるが、猫にココアをふるまう飼い主などいるはずがない。それでもリジーがカップを三つ用意したのは、そうしないとアマンダがうるさいからだった。ラジャーの分も、と。リジーにはまったく理解できない理由だったが。

「アマンダ？」

電話で話している母親の口からその名が出て、リジーは改めてキッチンの方に目をやった。

椅子に座ったアマンダは、リジーがいれたココアを飲みながら、テーブルの上に置いたビー玉のボードゲームに興じている様子だった。それも、一人で何かぶつぶつとつぶやきながら。いや、一人ではないか。アマンダ本人の主張を認めるなら、そのそばにはアマンダの友達がいる。

「元気よ。今はラジャーって子と遊んでる。……違う違う。ロジャーじゃなくて、ラジャー。ラ、ジャ、ア」

言い直してから、リジーは遊んでいるアマンダにはなるべく聞こえないよう、声をひそめた。

「まあ、新しいお友達って言ったら、そうに違いないんだけど——。あのね、お母さん。笑わないでよ。ラジャーって本物じゃないの。アマンダにしか見えない、空想のね。ウソっこの友達なのよ」

途端に、電話から『ははは』とおかしそうに母が笑う声が流れ出た。

「だから、笑わないでって！　アマンダには本当に見えてるみたいだし」

『ごめんごめん』

孫のアマンダからダウンビートおばあちゃんと呼ばれている母は、やっぱり笑いながらリジーに謝った。

『ちょっと昔のこと思い出しちゃって』

「昔って？」

リジーがたずねると、母は相変わらず楽しげな声で、

『あんた、覚えてない？　なんて言ったっけ……そうそう！　冷蔵庫よ、冷蔵庫！　レイゾウコって名前だったわ』

「冷蔵庫？　いったい何の話？」

『あんたの嫌いな蛇をやっつけてくれるんだとか。どこへ行くのも一緒でね。確か、犬だったわね』

手に持っていたココアのカップをテーブルの上に戻しながら、リジーはぽかんとした顔になった。母が何の話をしているのか、さっぱり分からなかったからだ。

「犬……？」

『そうよ。今度、あんたの弟に聞いてみるといいよ。レイゾウコのせいで、ひどい迷惑をかけていたから』

そう言われても、やはりリジーは何も思い出せなかった。

目をしばたたかせていると、キッチンの方から、今度はバラバラと何かが床に散らばる音が聞こえた。

「ママー。オーブンが」

振り向くと、キッチンの床にアマンダが遊んでいたビー玉が転がっていた。どうやら猫のオーブンがアマンダの横から手を出して、ばらまいてしまったらしい。しかも、椅子の上にいたオーブンは転がるビー玉に飛びかかろうと身構えている。

「ちょっと、オーブン！」

オーブンが椅子から跳んで、立ち上がったアマンダもそれを追いかけた。リジーはそれに向かって、

「アマンダ、オーブンがビー玉を食べないように見ててよー」

「うん、分かってる」

ドタドタとキッチンを走り回り、アマンダが床に散らばったビー玉を拾い上げた。

リジーは首をすくめてその様子を見やってから、もう一度、母が口にしたことに意識を向けた。ただ、それで思い出したのは、まったく別のことだった。

「レイゾウコ……あ！　卵、忘れてた」

ソファから立ち上がったリジーは、キッチンの古い冷蔵庫を見た。中にある卵ケースは、確か空になっていたはずだった。

『もしもし？　リジー、どうしたの？』

電話から聞こえる母の言葉はもう、リジーの耳を素通りしている。

頭の中で、リジーは今日の予定を繰り返し確認していた。

この後、夕方からは応募した職場の面接。

きらしていた卵は、面接が終わった後か、明日にでも買いにいくしかないだろう。タータン通りのスーパーマーケットは遅くまでやっているから、間に合うようなら、そっちに足を伸ばして——その間、アマンダのことはゴールディが面倒を見てくれるから、心配いらないとして。

えーっと、他に忘れていることは……。

リジーの日々の生活は大体こんな感じで、アマンダと違い、「余計なこと」を考える暇もなく一日が過ぎていくのだった。

間奏　アマンダ・シャッフルアップ

※

アマンダ・シャッフルアップにとって、ママが時々口にする「ウソっこの友達」は、とっても失礼な言葉だった。

誰に対して失礼かって？

もちろん、アマンダとアマンダの親友のラジャーに対して。

大体、大人たちはいろんなことを知っているわりに、ウソか本当かを決めるのが下手すぎるのだ。世界には、そこに見えていたとしても、「ほんとう」じゃない方がいいものが、たくさんあるっていうのに。

そう。

たとえば、今日で閉まってしまうシャッフルアップ書店の、スカスカの本棚。

ここは、アマンダのパパが大事にしていた本屋だった。元々はパパ好みの難しい本ばかり取り揃えていた本屋。けれど、アマンダが生まれてからは、アマンダが楽しめるような絵本もどんどん増えていった。棚に並んでいた色とりどりの背表紙は、いつもアマンダをわくわくさせてくれたものだ。

でも、今その棚はがらんとして、数冊の本が寂しく横向きに倒れているだけ。

アマンダの本心を言えば、こんなのは「ほんとう」であって欲しくなんかない。

「もういいかーい？」

二階からゴールディの声が聞こえる。

「まぁだだよー」

アマンダは答えながら、ラジャーと一緒に階段を一階まで駆け降りた。

時刻はもう夕方というより、夜だった。

外はまだ雨が降っている。ママのリジーは出かけていて、この家にはアマンダとラジャーとゴールディと猫のオーブンしかいない。

階段を降りて、辺りを見回すと、アマンダはお店のレジカウンターを指さし、芝居がかった口調でラジャーに告げた。

「ワタシはカウンターの下に隠れる！　ラジャー殿はあちらへ」

「⁉　ワタクシも⁉」

ラジャーもアマンダに合わせて答えた。

「ワタクシは見つからないと思いますが」

「隠れる時は一緒なのだ！」

「了解！　ママが帰るまで、必ず持ちこたえましょう、少佐」

ラジャーが返事をすると、そこへまたゴールディの声が降ってきた。

「もーいいかい？」

「まーだだよー」

アマンダは店の中を走った。

ほとんど空の棚が並ぶ店内。

けれど、アマンダが棚の前を通り過ぎると、そんな物寂しい景色が一変した。

空だった本棚に、たくさんの本がまた詰めこまれる。いいや、それだけではない。辺りが昼のように明るくなり、さらには賑（にぎ）やかな声が響き始めた。本屋を訪れたお客さんたちの声だ。絵本の棚をまぶしそうに眺めている男の子、その子の手を引いたお母さん。レジカウンターでは、アマンダのママのリジーが忙しげに、でも、どこか楽しそうに会計している。

足を止めて、そんな店の風景を見たアマンダの顔にも笑みが浮かんだ。

目の前にあった本棚に、アマンダは手を伸ばした。棚の絵本を取ろうとしたが、手が届かない。すると、誰かの温かい手がアマンダを抱き上げ、肩車してくれた。大きくてどっしりとした、大人の肩。

アマンダは楽しそうにもう一度笑ってから、お目当ての絵本にまた手を伸ばし――。

「アマンダ、アマンダってば」

そこで、ラジャーの声を聞いた。

「なに想像してるのさ」

肩車されたアマンダの体がぐらりと不安定に揺れる。

よく見れば、お尻の下にあったのは、大人の肩ではなく、ラジャーの頭だった。

気づけば、店の風景も元に戻っていた。たくさんのお客さんや本が消え、がらんとした店内。昼間のようだった明るさは消え、ぼんやりとしたライトが店内を照らしている。

「あ、ううん。なんでもない」

本棚の縁につかまっていたアマンダは、床の上に飛び降りた。そんなアマンダに向かって、ラジャーが不服そうに言う。

「もう。早くしないと、見つかっちゃうよ」

それはラジャーの言う通り。今はゴールディと隠れんぼをして遊んでいる最中なのだ。

ラジャーが店に並んだ棚の陰を指差した。

「ワタクシは、あちらに隠れますからね」

「う、うん……」

しかし、アマンダが少しぎこちなくラジャーの言葉にうなずき、二人が店内に散って、改めて自分の姿を隠そうとした——その時だった。

「!?」

突然、辺りが真っ暗になった。

光が消えるのと同時に、しんと店内が静まり返る。

ほんの少しの時間を挟み、アマンダには見えない位置からラジャーの声がした。

「明かりを消すなんて、いいアイデアですね、少佐」

アマンダは眉をひそめて、かぶりを振った。

「わたしが消したんじゃない……」

「え？」

ラジャーがいぶかしげにつぶやいた。

そこに今度は別の音が響いた。

——カンッ。

——カンッ。

外のかすかな雨音にまじって聞こえた、何か固いものが地面を叩いている音。

それが三回目を数えた時、店の窓の外がぴかりと不気味に光った。夜空を走った雷光だった。続けて、ドカンと雷が鳴る音。さらに、大した時間も置かずにまた空が光る。

もちろん、それだけなら何の心配もいらない自然現象のはずだった。子どもにとって怖い音と光であったとしても、本当に雷が頭の上に落っこちでもしない限り恐れる必要はない。

だが、その時、アマンダは稲光の中で背筋が凍るようなものを見た。

店の中にアマンダとラジャー以外の誰かが忍びこんでいた。

長い黒髪、黒い靴。

そして、病人のそれを思わせる白い肌――。

昼間見た、あの幽霊のような少女だった。

驚きのあまり、アマンダがその場で固まっていると、雷の光が消え、辺りがまた真っ暗になった。ごろごろと空が鳴る音。アマンダの視界から少女の姿が消え失せる。あわててアマンダは周囲に目をやった。

――カンッ。

――カンッ。

また、あの音が聞こえた。

そして、

「アマンダッ！」

叫び声はラジャーがあげたものだった。

いや、それは叫び声というより、悲鳴に近かった。声のした方向にアマンダは目をやる。けれど、辺りの暗さのせいで何も見えない。音だけが聞こえた。誰かがもみ合っているようなバタバタとした物音。

「ラジャー？」

問いかけるアマンダの声が消えないうちに、再び雷光が辺りを照らした。その瞬間、アマンダの目にもその光景が映った。

アマンダのすぐそばにラジャーがいた。だが、ラジャーの両足は宙に浮いていた。背後に黒い影がある。感情の感じられない、半ば陥没した目を持つ黒い少女。夜の町を徘徊（はいかい）する幽鬼のようだ。少女の病的なまでに白い腕がラジャーの首を絞めあげ、その体を持ち上げている。もがくラジャーを羽交い締めにして、店の外へ連れ出そうとしている。

「きゃあああああああっ！」

アマンダは悲鳴をあげ、その場にしゃがみこんだ。

と、そこに、

「アマンダ姫、見ーっけ」

場違いなほど現実感を伴った足音が、店の階段の上から聞こえたかと思うと、懐中電灯を持ったゴールディが姿を現した。懐中電灯の光が暗い店内を照らす。すぐにゴールディはアマンダの姿を見つけたらしい。階段を降り、駆け寄ってきてアマンダの肩を抱いた。

「もう大丈夫よ」

笑顔のゴールディになだめられても、アマンダはガタガタと震えたままだった。

いつの間にか、あの少女の姿が店内から消えていた。

ラジャーも無事だった。床の上でひっくり返っている。

それでもさっき目に焼きついた光景が、アマンダは怖くて怖くて仕方がなかった。

自分の想像でもなんでもない、「ほんとう」の恐怖。
それをたった今、アマンダは生まれて初めて経験したのだった。

第二章　パパだったら

1

怖かった。

怖かった怖かった、とっても怖かった！

でも、ぼくとアマンダがあんなに怖い思いをしたっていうのに、だ。

「良かった。壊れてない」

外から帰ってきたママは、店長さん用の部屋の壁にかけられた箱を開けて、安心したようにつぶやいた。箱の中身は「ぶんでんばん」ってやつだった。あそこにあるスイッチをいじると、家中の電気がついたり、消えたりする。

外で雷が鳴っていた時と違って、今はもう電気がついていた。

「修理代、バカにならないから。ここも大分古いし、ガタがきてもおかしくないけどね」

ママはぼくたちのことなんか気にしてない。家の心配ばっかり。

「……あの子のせいだよ」

さっきの恐怖からまだ立ち直れずにいたぼくの代わりに、アマンダが訴えてくれた。

部屋にはぼくたちの他にゴールディもいた。ソファに座ったゴールディは少し困ったように笑ってる。

「あの子？」

ママはそのゴールディの正面に腰を下ろして、アマンダにたずねた。

「真っ暗になって、雷が光って、女の子がいたの！」

ママがゴールディの方に目をやった。

ゴールディは笑顔のまま、軽くうなずいてみせると、

「停電は本当」

「いたの！」

アマンダはママの横に立ち、声を大きくした。

「今日来た髪の長い女の子が、すっごく怖い顔でラジャーを捕まえて連れていこうとしたの。いたんだってば！　ほんとうに」

ぼくの名前を聞いた瞬間、ママが小さくため息をついたみたいだった。

そうして、ママは両手を伸ばすと、傍に立ったアマンダのことを抱きしめようとした。

「アマンダ……アマンダは時々、いろいろ考えすぎちゃうことがあるの。頭の中でねあ。

あれ、ずるい。

ママがうまくアマンダに言い聞かせられない時、無理に黙らせようとしてやる、卑怯(ひきょう)なハグだ。

当然、アマンダは黙ったりしなかった。

「違う！」

アマンダはもがいて、ママの手を押しのけた。

「頭の中じゃない！　ほんとうにいたの！」

だけど、ママにはもうアマンダの言葉が届いていないみたいだった。

その目はアマンダじゃなく、またゴールディの方を向いてる。

「そういう子をこしらえちゃうことがあるのよ、自分で」

ママが言い訳するみたいにゴールディに言う。

アマンダが信じられないって顔をして、後ずさりした。

「ママ……」

ちょっと疲れたような表情を浮かべたママは、やっぱりゴールディに向かって、

「今日はもう帰って……ありがとう」

「オッケ」

ゴールディがうなずいて、ソファの上に置いていた自分のリュックを手に取った。立ち上がって、お店の入り口へ向かう。

「じゃあね、アマンダ姫」

アマンダの後ろを通り過ぎながら、ゴールディが明るい口調で声をかけてきた。だけど、アマンダはゴールディに返事をしなかった。その目はまっすぐママに向けられていた。

「ママ、信じて。ほんとうなの。今日来た女の子がラジャーを──」

ママが今度こそ、誰にでも分かるほどの大きなため息をついた。

「いい加減にして」

「！」

「そんな子、いないの。ここに居もしない子のことでわめきたてないで」

アマンダが言葉を失う。いいや、アマンダだけじゃない。ぼくだって気持ちは同じだ。

居もしない……だって？

ゴールディがお店のドアを開けて出ていく。

椅子に座ったママはもう一度、大きく息を吐きだした。

「今日は疲れちゃって……大変な一日だったの。お仕事の面接、うまくいかなくってさ」

そんなの、今は関係ないでしょ。

アマンダがぶるぶると両手を震わせた。

そして、しぼり出すような声で、

「……パパだったら」

「そうね」

と、力なくママはつぶやいた。

「パパだったら上手にやったかもね」

「パパだったら信じてくれた！」

ママの言葉にかぶせるようにして、アマンダは叫んでから、床を蹴って走り出した。

それでママも少しハッとしたみたいだった。でも、その時にはもう、アマンダは部屋を飛び出していた。

バタバタと階段を駆け上がっていく足音。

「…………」

ママが口を閉ざして、アマンダの走り去った方向を見てる。

ぼくはそんなママに一度だけ目をやってから、すぐにアマンダのあとを追った。


屋根裏部屋じゃなく、二階にある自分の部屋に戻ったアマンダは、お気に入りのクレヨンを取り出して、画用紙と向かい合っていた。

右手に持ったクレヨンを、乱暴な手つきで走らせている。絵を描いてるっていうより、怒りをクレヨンにこめて、紙に叩きつけてるみたいだった。

その後ろで、ぼくは大声をあげた。

「ひどい！　ひどすぎる！　信じないなんて！」

「……………」

「あんな恐ろしいの、生まれて初めてだ。あの腐ったような匂い、氷みたいに冷たくて――」

黒い女の子に襲いかかられた時のことを思い出して、ぼくは震え上がった。本当に、お腹の底が抜けて、体の中のものが全部、暗い穴に落っこちていくみたいな怖さだった。アマンダの想像した世界で炎を吐く竜に追っかけられた時だって、あんな思いをしたことなんてない。

なのに、ママときたら！

「知ってるよ。ママが大変なことくらい。でも、こっちだって、たまにはさ、時々はさ」

ぼくがそこまで言ったところで、アマンダがぼそりと口を挟んだ。

「……ラジャー、黙って」

ぼくは気にせず叫んだ。

「大変なんだよ！」

拳を振り上げて気持ちを爆発させた後で、ぼくはアマンダに向き直った。自分のベッドの上であぐらをかいたアマンダは、ぼくに背を向けていた。あいかわらずクレヨンで何か描いてる。

そんなアマンダの背中に向かって、ぼくは、

「パパなら信じてくれた」

「………」

「そうだよ！　パパがいたら、本屋だってやめないで済んだん──」

「うるさいっ！」

　突然アマンダが怒鳴った。その声は今までぼくが聞いたことがないくらい大きくて、激しかった。思わずぼくはびくっと肩を震わせる。すると、首だけをねじ曲げて、アマンダはぼくの方を振り返った。

「ラジャーなんて、何も分かってないくせに」

「アマンダ……」

「あんただって、ラジャーだって、いなくなっちゃうんだから」

　そう言って、アマンダはぼくから目をそらし、また前を向いた。

「わたしが想像するのやめたら、すぐに消えちゃうんだから」

「!?　なに言ってんのさ！」

　アマンダがどうしてそんなことを言い出したのか、まったく分からなくて、ぼくは声を高くした。

「ぼくは──」

「あっち行って！」

「アマンダ！　ぼくは襲われたんだよ!?　あの幽霊みたいなやつに」

一生懸命訴えても、もうアマンダはこっちを見てくれない。

「今ごろ捕まってたかもしれないんだ。なのにっ……わ！」

返事の代わりとばかりに、アマンダはベッドの上に転がっていたサメのぬいぐるみをぼくに投げつけてきた。大きなサメのぬいぐるみはぼくの顔をかすめてから、後ろにあった棚にぶつかる。棚の上に置かれていた絵本がどさどさ床に落ちた。

なんで――。

今度は声を出さず、ぼくはアマンダの背中を見つめる。

アマンダはやっぱり振り返らず、クレヨンでガリガリ絵を描いていた。

ぼくはうつむき、半開きになっていたドアの隙間から部屋を出ていった。

唇をへの字にして、ぼくは二階を歩き、屋根裏部屋に向かった。

そうして、開きっぱなしになっていた屋根裏部屋の窓から外に出て、屋根の上によじのぼった。

外の雨がやんでいた。頭の上に宝石をばらまいたみたいな星空が広がってる。きれいだけど、今のぼくはそれを喜ぶ気分じゃなかった。頭の中はさっきアマンダがぶつけてきたひどい言葉でいっぱいだった。

しばらく、ぼくはむすっと屋根の上で黙りこんでいた。

けれど、とうとう我慢できなくなって、

「なんだよ……なんなんだよ。いまごろ捕まってたかもしれないんだ！　あの黒髪の——

——」

口に出した瞬間、アマンダへの怒りとは別に、あの時の怖さがぶり返してきた。

「うわあ……」

でも、あの子は本当になんだったんだろう？

ぼくと同じ、見えない子だってことは分かる。でも、なんで、その子がぼくを襲うんだ？

というか、考えてみると、こうやって今、ぼくが一人で家の外にいるのは、本当は危ないのかも。

あの子は家の外からやってきた。

大人のゴールディを見て、逃げ出しちゃったみたいだけど、遠くまで行ったとは限らない。

ひょっとしたらまだ家の外をうろついていて、ぼくを狙ってるなんてことも——。

そう思うと、また怖くなって、ぼくは辺りをこわごわ見回した。

星空の下、町には明かりがついた家もあれば、そうでない家もあった。家の間を走る道路はしんとしていて、あの女の子の姿はどこにもない。

ただ、そこで、ぼくはおかしなことに気づいた。

道を挟んで、シャッフルアップ書店の向かい側にある別の家。

家の窓に明かりはついてなかった。けれど、家の屋根の上には光があった。ぼんやりとした、弱い光。

あの黒い女の子じゃない。

でも、誰かいる。

そして、光はその誰かが持ってる明かりってわけじゃなく、その誰か自体が光ってるみたいだ。

少し怖かったけれど、ぼくは斜めになったアマンダの家の屋根を下って、屋根の端まで近づいてみた。そうすると、光っているものの正体がはっきり見えた。

ロボットだ。

ブリキのロボット。そんなに大きなロボットじゃない。体はぼくより小さい。

その小さなロボットの体から、もっと小さな光の粒がいくつも出てきては、空に向かって昇っていた。ただ、光の粒は星空までたどりついたりしない。途中で夜の闇に溶けて消えてしまう。

「あのお」

おそるおそる、ぼくが声をかけると、光を出してるロボットがギリギリと動いた。首を傾け、屋根の端までやってきたぼくの方を振り返る。そして、逆にぼくへたずねてきた。

「ボクが見えるの……？」

「うん、見える」

と、ぼくはうなずき、

「うっすらだけど。きみも誰かの友達？　そのう……空想の」

「こないだまでね」

ロボットは自分の体から出る光と同じように、どこか弱々しい声で答えた。

ぼくは首をかしげた。

「こないだまで？」

「うん。ボクの友達はボクが見えないみたい」

え。

それって――。

ロボットが続けて言った。

「ボクのこと、もう、いらないんだよ」

「いらないって……」

ぼくはロボットの言葉を繰り返した。

「消えちゃうの？」

「そうみたい」

ついさっきアマンダがぼくに投げつけてきた言葉が、ぼくの胸に浮かんだ。

『わたしが想像するのやめたら、すぐに消えちゃうんだから』

ロボットの体からはあいかわらず光の粒が出てる。ただ、光の粒が出ていけば出ていくほど、ロボットの体はどんどん透けて、影が薄くなっていくんだ。まるで、光がロボットを作ってた材料だったみたいに。

ぼくはもう一度ロボットにたずねた。

「消えたら、どうなるの？」

ロボットは首を横に振った。

「痛い？」

このぼくの質問にも、ロボットは首を振った。

じゃあ、

「怖い？」

ロボットはうなずいた。

そうして、ぼくもロボットも少しの間、黙りこんだ。

夜の風がそんなぼくらの間をさっと通りすぎる。

ぼくは屋根の端で膝（ひざ）を折った。

両手で膝を抱えて、背中を丸くする。季節は夏なのに、町を渡っていく風はひどく冷たいように思えた。

「……ぼくもだ」

しばらくして、ぼくは口を開いた。

「消えたことないけど、消えるのが怖い」

ロボットの影はますます薄くなり、その姿は今にも消えてしまいそうだった。

2

次の日の朝は、昨日と違って、すっきりとしたお天気だった。

お日さまの光は、勇気をくれる魔法の輝き。

空が明るくなって太陽が顔を出すと、ゆうべ、あのロボットと話をした時、ぼくが感じた、怖いっていう気持ちもほとんど薄れていた。

でも、そうなると、だ。

昨日のアマンダの態度に、ぼくのお腹はまた、ふつふつと煮立ってくる。

だから、決めた。

アマンダが「ごめんなさい」って言うまで、ぼくは口をきかない。

許してもあげない。

だって、ぼくは襲われたんだ。あんなに怖い思いをしたんだ。なのに、アマンダはぼくを心配するどころか、ひどいことを言った。友達がしていいことじゃない。アマンダがちゃんと謝るまで、ぼくは仲直りしない。

「…………」

「…………」

ぼくたちが今いるのは、湖沿いの道路を走る車の中だった。

ママが運転する車。

シートベルトをしたアマンダとぼくは後ろの席に座ってる。

今日はお買い物の日。行き先は、町中にある大きなスーパーマーケットだ。

アマンダは走り続ける車の窓から、湖の方をぼんやり見ているようだった。町のすぐそばにある湖だけど、結構大きい。

ぼくはそんなアマンダから顔をそむけ、反対側の窓を見ていた。

車に乗りこんでから――っていうより、朝から、ぼくとアマンダはまったく口をきいていなかったのだけれど、そうしていると、前でハンドルをにぎってたママが、アマンダへ話しかけてきた。

「アマンダ、昨日はごめん。ママが悪かったわ」

どうせアマンダはこれにだって返事をしないんだろう。

ぼくはそう思ったのだけど、違った。

「……うん」

と、アマンダがママに返事をした。どんな顔をしてるのか、そっちを見てないぼくには分からない。

ママが今度は少し明るい声になって、こう言った。

「明日さあ、プールでも行っちゃう？　どう」

「…………」

「それとも、ダウンビートおばあちゃん家に泊まりに行こうか？　クッキー焼いてさ。あ、もちろん、ラジャーくんもご一緒に」

「……いいよ」

と、アマンダはまた答えた。

なんだよ。

昨日、ママがぼくのことを「ここに居もしない子」って言った時は、あんなに怒ったくせに。

もう機嫌直しちゃうわけ？

スーパーマーケットの駐車場にはたくさんの車が停まっていた。

大きくて広い駐車場だ。人もいっぱい行き来してる。

ママが空いてるスペースに車を停めた。

「駐車券、取ってくるから。待ってて」

ママはそんなことを言い残して、車を降りたぼくたちのそばから離れていった。

肩からお気に入りのポシェットをさげたアマンダは、駐車場の上に広がる空を見上げていた。空は明るく晴れているけれど、ほんの少し雲も浮かんでいる。アマンダの瞳に白い雲が映ってる。

長いこと貝みたいに口を閉ざしていたぼくだったけれど、そこでとうとう我慢できなくなって、貝はやめた。

「ずっと謝らないつもり？」

つっけんどんな声で、ぼくはアマンダに質問っていうより、怒りの言葉をぶつけた。

すると、アマンダは空から目をそらして、ぼくの方を見た。そして、不思議そうな顔をして、こう言った。

「なあに？」

ぼくはあぜんとした。

だけど、同時に「やっぱり」とも思った。

今朝からずっと、もしかしたら、って思っていたんだけど。

結局、アマンダは何も気づいてなかったんだ。

昨日、自分がどれだけ悪いことをしたのかも。それでぼくがどれだけ怒ってるのかも。

あんな素敵な世界を想像できるくせに、こういうところは鈍いったらありゃしない。

ぼくはますます不機嫌になった。

「ぼくは消えないよ！」

「なに怒ってんの？」

「消えないこと、守ること、泣かないこと！　誓いは絶対なんだろ」

アマンダが今度は困ったような、それでいて、少しイライラしたみたいな顔をした。

「ラジャー、ここは屋根裏部屋じゃない」

ぼくは聞く耳を持たなかった。

ぷいと顔をそむけ、その場から歩き出す。アマンダからどんどん距離を取る。

「ちょっと何する気？」

後ろからアマンダが呼び止める声がするけど、そんなの聞かない。聞いてやるもんか。

ぼくは足音を高くして、たくさんの車が停まった駐車場の中を歩いた。

途中、アマンダから見えないように、車の陰で一度、自分の姿を隠すと、少し後戻りして、

「ほら、消えないよ！」

遠くにいるアマンダに向かって、声を張り上げた。

「ラジャー、危ないよ！」

アマンダがそんなことを言ってる。

駐車場は、ひっきりなしに車が出たり入ったりしていた。並んだ車と車の間に延びる道には何度も車が通りかかる。確かにアマンダの言う通り、かけっこやボール遊びができるような安全な場所じゃない。でも、今はそんなこと、どうだっていいじゃないか。

ぼくはまた駐車場の中を歩きながら、

「離れても消えない！　大発見だ」

そうさ。

ゆうべ、家の屋根に上った時だって、そうだったんだ。

「アマンダが見えなくなっても、ぼくは消えない！」

「分かった。分かったから」

アマンダがそんなことを口にしながら、ぼくのことを追いかけてきた。

「わたしが悪かったから」

そう言われたって、ぼくにはまだ信じられない。アマンダ、それ、本心からの言葉？　本当に自分が悪いと思ってる？　面倒だから、適当に謝っておこうなんて考えてない？

ぼくは足を止めず、どんどん駐車場の中を進んでいく。

「ごめんね」

アマンダのそんな声が近づいてきた。

「ラジャー！」

でも、そうやって、アマンダの声がぼくのすぐ後ろまで迫った時だ。

不意にぼくたちの横から別の足音がした。

足音はぼくとアマンダの間に割って入り、ほとんど同時に、アマンダが「あっ」と声をあげた。足音の人とぶつかってしまったみたいだった。もちろん、それだけなら、そんなに驚くことじゃない。ここはスーパーマーケットの駐車場。ぼくたちの他にも、知らないお客さんはいる。

でも、そうじゃなかった。

アマンダの声を聞いたぼくがさすがに足を止めて振り返ったら、そこには派手なアロハシャツの背中があった。

シャツを着たその人は、自分とぶつかったアマンダに向かって、ずいと身を乗り出し、楽しげに挨拶（あいさつ）した。

「こんにちは、お嬢ちゃん」

聞き覚えのある声に、ぼくはハッと息を呑（の）んだ。

それは昨日、あの怖い女の子と一緒に、シャッフルアップ書店にやってきたおじさんだった。

※

ミスター・バンティング。

確か、そんな名前だったっけ。

雨は降ってないのに、その手は今日も傘を持ってる。

ぼくに背を向け、腰をかがめた姿勢でアマンダの顔をのぞきこみながら、おじさん、バンティングはさらにこう言った。

「驚かせて申しわけないね。お嬢ちゃんに用があるわけじゃないんだ。君のお友達にお話があってね」

そこで、離れたところにあるスーパーマーケットの建物の方を見て、バンティングは体を起こした。

「あいにく発券機は長い行列だ。まだまだ時間がかかりそうだね」

言葉通り、駐車券を取りに行ったママはまだ戻ってきていなかった。

バンティングはあいかわらずぼくの方を振り返らない。

アロハシャツの背中には、気味の悪い蛇の絵が浮かんでいた。まだら模様の、毒を持ってそうな蛇。

――え？

でも、こんなの、昨日お店に来た時はあった？

そう思うぼくの前で、信じられないことが起こった。

バンティングのシャツの中でとぐろを巻いていた蛇が突然「シャー」と不気味な声をあげて、真っ赤な口を開いたんだ。

「！」

驚いて、ぼくはその場から飛び退きそうになった。けど、そこで、背後にもっと恐ろしい気配を感じた。

「……………」

首だけを回して振り向くと、ぼくの後ろに長い黒髪があった。幽霊みたいな、暗い目。ゆうべのあの子だ！

今度こそぼくは飛び上がった。つかみかかってくる女の子の手をかわして、走り出す。そして、叫んだ。

「アマンダ！　逃げろ！」

こいつらが何なのかは分からない。

何を考えているのかだって知らない。でも、ゆうべのことを思えば、絶対、危険なやつらだった。もう喧嘩（けんか）なんかしてる場合じゃない。アマンダを守らなきゃ！

「！」

アマンダもすぐに分かってくれたみたいだった。

バンティングに背を向け、ダッと駆け出す。

もちろん、ぼくだってアマンダのあとを追おうとしたのだけれど、

「あっ……」

バンティングの横を駆け抜けようとしたところで、冷たい手がぼくをつかんだ。あの女の子の手だ。冷やしたアイスよりも温度が低くて、心の底からぞっとさせられる手。しかも、力がすごく強い。あっという間にぼくは引き戻され、ゆうべみたいに捕まってしまった。

「ラジャーッ」

少し離れたところで、アマンダが叫んでるのが聞こえた。
——足を止めちゃダメだっ、アマンダ。
でも、ぼくがその言葉を口にする前に、アロハシャツを着たおじさん、バンティング
が動いた。女の子に捕まえられたぼくの目の前に立つと、うれしそうな顔をして、今度
はぼくに身を乗り出してくる。
「これほど格別なイマジナリは絶えて久しい。ウーン、実にいい香りだ」
イ、イマ……なんだって？
くんくん大きな鼻をひくつかせてから、バンティングはぱっくりと口を開けた。
いや、それは開けたなんて言葉で足りるものじゃなかった。
濃い口ひげの下にあったバンティングの唇。
あごが外れるどころか、あごの骨なんてないかのように、その唇が伸びた。ゴム袋が
力任せに引っ張られて、口が開けられたみたいだった。開いたバンティングの口はどん
どん大きくなっていき、最後にはぼくの頭と変わらないくらいになる。
ぬめぬめしたバンティングの口の中には、たくさんの歯が生えていた。その歯は全部、
ミキサーみたいに口の中で回っている。ぐるぐる、ぐるぐる、暗い喉の奥に何かを吸い
こもうとしているように。
そして、
「っ!?」

ぼくの顔が強く引っ張られた。

頭が引っこ抜かれ、首がぐーんと引き伸ばされるみたいな感覚。いや、ぼくの首は本当に伸びていた。アマンダが想像する首長竜みたいに。痛みはそこまで感じないんだけど、首の先にある頭が、バンティングの口の中に飲みこまれそうになる。

な、なんだ、これ……。

きっと、そのまま何も起こらなければ、ぼくの頭はバンティングの口に吸いこまれていたんだろう。

だけど、そうはならなかった。

「っ！」

突然、何かがパンと叩かれるような音がして、ぼくの前にいたバンティングが少しよろけた。すると、ぼくを吸いこむ力も急に弱まった。頭と首が弾かれたみたいに元に戻り、その勢いで、ぼくは自分を捕まえていた女の子と一緒に後ろへ引っくり返ってしまった。

音を立てたのは、アマンダだった。

先に逃げたはずのアマンダが戻ってきていて、バンティングの後ろで何か構えてる。ポシェットだ。アマンダのお気に入りのポシェット。紐の先を持って、後ろからバンティングの背中にポシェットを叩きつけたらしい。口を開いたままのバンティングが振り向くと、アマンダはさらにポシェットを振り回し、それは思いっきりバンティングの顎にヒットした。今度はバンティングが大きくよろめく。

その間に、ひっくり返ったぼくの方は、あの女の子の冷たい手から逃げ出していた。

バンティングの隣をすり抜け、ぼくはアマンダと一緒に走り出した。


車と車の間を必死に駆ける。

もし、アマンダがぼくの体をもっとすごいことができるように想像してくれていたら、ぼくはヒーローのようにアマンダを助けて、あの怖い女の子やバンティングから逃げ出せていたかもしれない。でも、今はそんな夢みたいなこと、考えてる場合じゃない。

あの女の子がぼくたちの後ろから追ってきていた。

ぼくたちと同じように駐車場の中を走ってるはずなのに、その子の姿だけはまるで怖いお話に出てくる死霊みたいだった。ゆらゆら揺らめきながら、あっという間にぼくたちとの距離を詰めてくる。

「！」

後ろを振り向いてそれに気づいたぼくとアマンダは、バタバタと手を振り、足の回転スピードを上げた。はっきり言ってしまうと、駐車場に並んだ車がかなり邪魔だった。

ママがいるはずの発券機のところまで一直線に行きたいんだけど、それができない。車の陰に隠れるっていうのも考えないではなかったけれど、見つかったら最後だ。危険すぎる。

ぼくたちは並んだ車の間を、息を切らしながらさらに走った。

そうして、ぼくたちは車の間から駐車場の道路に飛び出した。ここからなら、発券機は遠くなかった。というか、ぼくの目にママの姿も映った。券を買えたらしくて、こっちに戻ってこようとしてる。そうだ。ゆうべ、あの女の子はゴールディの、大人の姿を見たら逃げ出した。ママさえいてくれたら、きっと――。

だけど、

「あっ……」

気づいた時にはもう遅かった。

パパーンと辺りに鳴り響くクラクション。

道に飛び出したぼくとアマンダの横から、一台の車が突っこんできた。駐車場の中なんだから、車のスピードはそこまで出てない。もしかすると、足を止めずに駆け抜けていれば、かえって危険を避けることができたのかもしれない。でも、ぼくは横から来る車を見て一瞬、足がすくんでしまった。アマンダも同じだったらしい。

そして、その瞬間、ドンという鈍い音と一緒に、ぼくの体は宙に飛んだ。

※

「……っ！」

ごろごろと駐車場の地面を転がって、ぼくは止まった。

腰を打ったし、腕も擦りむいた。ただ、それでいて、そんなに痛い思いをしなかった。ぼくの体が普通の人と違って、アマンダが想像してくれたものだったからなんだろうか。そこはよく分からない。とにかく、ぼくは車にはねられたんだけど、大きな怪我はしなかった。

でも、ぼくはそうでも、一緒にはねられたアマンダはそうじゃなかった。

「う……」

うめきながらぼくは体を起こし、そして、ハッとした。

「アマンダ！」

アマンダが道の真ん中で倒れていた。

その頭の周りの地面に、濃い色をした何かがじんわりと広がろうとしてる。擦り傷ができた手、頬。閉じられた目。ぼくが名前を呼んでも、返事をしてくれない。

というか――。

え？

アマンダ、動いてない？

「急に飛び出してきたから……」

ブレーキをかけて停まった車の運転席から、真っ青な顔をした人が降りてきて、アマンダに近づいた。ぼくも這うようにして、アマンダのそばに寄った。

アマンダはやっぱり目を開けなかった。

そこへ、

「アマンダ！」

ママの声がした。

駆け寄ってきて、倒れたアマンダに近づいたママは、道路をドス黒く染めたものとアマンダの顔を見て、短く、でも、この世の終わりが来たみたいな激しい悲鳴をあげた。

「アマンダッ……アマンダあああっ！」

地面に膝をつき、ママがアマンダの頰と胸に手をあてる。

スーパーに来ていた他のお客さんたちも、ぼくらの周りに集まってきた。人の輪ができる。がやがやとしたざわめき。

それでもアマンダのまぶたは固く閉じられたままだった。

しばらくして、駐車場の外から救急車のサイレンが近づいてきた。

第三章　イマジナリの町

1

いつの間にか、バンティングとあの女の子が駐車場からいなくなっていた。騒ぎになってしまったから、逃げだしたんだろうか。それとも何か別の理由があって、どこかへ行ってしまったんだろうか。どっちにしても、今のぼくにはどうだっていいことだった。

駐車場に救急車が停まっていた。タンカに乗せられたアマンダが救急車の中に消えていく。半泣きのママがそれに付き添っている。

ママに続こうとしたぼくの鼻の先で救急車のドアが閉じ、そのまま走り出した。あとを追って、ぼくは駆け出す。

けれど、表の道路に出た救急車が、急にスピードを上げた途端、ぼくはあっという間に引き離されてしまった。

「はあっ……はあっ……はあっ」

道を走る救急車の後ろ姿は、すぐにぼくの目から見えなくなった。サイレンの音だけが遠くから聞こえる。

とうとう息が続かなくなって、ぼくは歩道の真ん中で立ち止まった。

そこへ、

「ほっ、ほっ、ほっ」

サングラスをした、ジョギング中の女の人が通りかかった。まっすぐこっちへ来たその人は、前にいたぼくのことなんか気にせず、真正面から突っ込んでくる。いや、気にせずって言い方は全然正しくない。だって、女の人にはぼくが見えないんだから。気にしようがないんだ。

ぼくはあわてて横によけて歩道から車道に出た。けど、よけたらよけたで、今度はそっちに自転車が通りかかった。

「わっ……」

飛び退いたところで、転んでしまった。そこは横断歩道だった。車の方の信号が赤だったのは、運が良かったのかもしれない。ただ、代わりに横断歩道を渡る人がどっと押し寄せてきた。

「！」

たくさんの人に踏まれそうになって、ぼくは四つん這いで逃げ回った。人の間を必死にすり抜け、やっと横断歩道から普通の歩道に上がる。でも、そっちもやっぱり人、人、人の波。誰かが通りかかるたびに、ぼくはその前からどくしかない。

そして、そうやって人をよけながら、それでも救急車が走り去っていった方角へ行こうとした時、ぼくは初めて気づいた。

「え……」

辺りの景色が変だった。

アマンダと一緒にママの車に乗ってた時は明るかった町並みが、今はひどく暗い色に変わってる。急に天気が悪くなったとかじゃない。建物や車、人が着ている服やお店の看板、何もかもが元の色をなくしていた。まるで、町全体にくすんだ灰色のカーテンがかかっちゃったみたいに。

そして、そんな暗い景色の中、不意にぼくの目に小さな光が映った。

ゆらゆらとした動きで、空に昇っていく光の粒。

「！」

それはぼくの体から出てきたものだった。自分の両腕がぼんやりと輝いてる。そこから光の粒がぽつりぽつりと現れては、空に向かって昇っていく。見覚えがあった。だって、同じものを見たのはつい昨日のことだったから。

光の粒は、あの消えそうになっていたロボットの体から出ていたものと全く一緒だった。

※

空に太陽の姿はもうなかった。

勇気をくれる魔法の輝きがなくなってしまった夕暮れ時。

路地裏のゴミ箱の陰に隠れたぼくは、恐ろしさに震えていた。ここに座っていれば誰かに踏まれる心配はなかった。でも、体から出ていく光が止まらない。それどころか、

「…………」

ぼくの両手は透けて、その先にある薄汚れた地面さえ見えるようになっていた。

どうして、こんな――。

混乱する頭で考えてみても、答えが見つからない。

寒い。

体の震えが止まらない。怖いって気持ちだけがどんどん膨れ上がってくる。

だけど、その時。

突然、震えるぼくの近くで誰かの声がした。

「少年よ、オレはお前が見える」

透けた自分の手を見ていたぼくは、びくっとして顔を上げた。

辺りに人はいなかった。けど、確かに声はしたんだ。

薄暗い路地の先に影があった。

ぼくよりは小さくて、四本の足で歩いて、こっちに近づいてくる影。

「オレはお前のような連中をたくさん知っている」

猫だ。

多分だけど、かなり歳を取った猫。灰色の毛はところどころ抜けているし、尻尾もごわごわ。瞳の色が左右で違っていた。片方が赤くて、片方は青い。ただ、本当に変なのはそんなことじゃなかった。アマンダが想像した世界にいる猫ならともかく、普通の猫は人間の言葉をしゃべったりしない。

「あ、ああ……」

後ろは壁だったけれど、ぼくはそれでも地面にお尻をくっつけたまま、後ずさりしようとした。

「お前が何者かってこともな」

猫はやっぱりしゃべりながら、そんなぼくへますます近づいてきた。

ぼくの体からはあいかわらず光の粒が出ていた。そのうちの一つが、ぼくの頬をふわりとかすめる。

一瞬、ぼくはそっちを見た。

すると、猫がまた言った。

「なかなかやりにくいだろう。忘れられるってのは」

――忘れられる？

ぼくは猫の方にもう一度目をやった。だけど、そこには、

「⁉」

もう猫がいなかった。

いや、本当に消えたんじゃない。

「だが、それも」

いつの間にか、猫はぼくのそばにあったゴミ箱の上に移動していた。

「遅かれ早かれ、起きることだ」

ゴミ箱の上から、猫は重々しく言う。

ぼくは立ち上がった。

さっきまでの怖さが少し消えていた。しゃべる猫、いきなり別の場所に現れる猫。確かに変だし、気味が悪い。ただ、それでも猫が口にした言葉は、そのままにしておけなかった。

忘れられる……って。

アマンダに、ってこと？

アマンダがぼくを忘れる？　一番の友達のぼくのことを？

「ぼくは忘れられてなんかない」

猫にぼくは言い返した。

「事故があったんだ。アマンダが車に轢かれて、それで」

「同じことさ」

猫はきっぱりと言い切った。

「お前は薄くなって消えかけている」

「え……」

「お前に残された時間はわずかしかない」

ハッとして、ぼくは自分の体をもう一度見た。ぼんやりと光って、光の粒が後から後から出ていく体。何度見直しても、ゆうべのロボットと同じだ。あのロボットは言ってた。自分の友達は自分のことが見えなくなったって。自分のことがいらなくなったって。だから、消えるんだって。

アマンダはぼくのことが見えなくなったりしない。いらないなんて言わない。

……だけど。

そのアマンダがいなくなっちゃったら？

ぼくはアマンダが想像したから生まれたのに。アマンダがこの世界から消えちゃったら、ぼくはどうなるの？

「さあ、ついてこい」

そう言って、猫がひょいとゴミ箱の上から飛び下りた。そのまま道を歩き出す。

「アマンダ……」

　ぼくは動かなかった。

「アマンダが死んだ……そうなんだね？　だから、君が来た。死神が」

　思ったことを口にすると、猫は足を止め、少し驚いたように自分の毛を震わせた。

「オレは死神じゃない。オレの名はジンザンだ。もう一度言う。お前にはもう時間がない。このまま消えてなくなるか。それとも、オレと共に来るか」

「ぼくは……アマンダのところへ」

「決めるのはお前だ」

　そう言った猫がまた歩き出した。今度はもう立ち止まらなかった。こっちを振り向きもせず、猫は暗い道を進んでいく。

　ぼくは一度、ぎゅっとまぶたを閉じた。

　頭の中がぐちゃぐちゃだった。

　心が振り子みたいにぐらぐら揺れている。

　救急車で運ばれたアマンダのところへ行かなくちゃ、っていう気持ちと。

　それとは別に、ぼくの中にあるもう一つの気持ちの間で。

「ぼくは……」

　小さくつぶやく。

「消えたくない……」

辺りから何かが腐ったみたいな匂いがしていた。

頭の上を見ると、空はもう完全に夜だった。

薄汚れた裏通りで、あの猫、ジンザンがぼくの前をすたすた歩いている。ぼくは重い足を何とか動かして、あとを追った。

すると、先を行っていたジンザンが首だけをねじ曲げて、こっちを振り返った。

「もう少し早く歩けないか？」

「……どこへ行くの？」

「安心しろ。安全な場所だ」

「それってどこなの？」

「正しい場所で、正しい扉を見つけるんだ」

「どういうこと？」

「勘弁してくれ。お前は質問が多すぎる」

そう言って前を向いたジンザンの声が、周囲の壁にあたって響いた。この辺りは、道がトンネルになっていた。トンネルの上にはもっと大きな道があるみたい。トンネルの壁には落書きっぽい、派手な絵がたくさん描いてある。

「ごめん。アマンダにはいつも質問してたから」

ぼくが謝ると、ジンザンは歩きながら、こんなことをたずねてきた。

「それで、お前のアマンダはいつも答えてくれたのか？」

「いつもってわけじゃない」

「答えのない時はどうしてた？」

「アマンダは自分で答えを作っちゃう」

「そうか。だから、アマンダはお前を想像したんだな。お前という答えを」

ぼくは立ち止まった。

「答え？　ぼくがアマンダの答え？」

「そうだ」

ジンザンも足を止めて、こっちを見た。色の違う左右の目が少し細くなっていた。

「お前は十分、イマジナリの役目を果たした」

「え……？」

聞き返しても、ジンザンはもう何も答えてくれない。

すいとぼくから目をそらし、暗い裏道をさっきと同じように早足で歩き出した。

本当に不思議な猫だった。

しかも、口にする言葉がぼくにはちょっと難しい。

ママに連れられてアマンダが日曜日に通っていた教会の神父さんみたいに。


しばらく歩いていたら、その場所にたどりついた。

道がぼくたちの進む少し先で途切れてる。

そこにあったのは、たくさんのレンガが積み上げられた壁だった。正直に言えば、ぼくにはどこをどう通ってここまで来たのか、分からなくなっていた。ジンザンはあちこちにある角を右に曲がり、左に曲がり、脇道に入ったりもしてたから。

「しっかり前だけ見ろ」

先を行くジンザンがそんなことを言った。

「行き止まり？」

ただ、ジンザンにたずねたところで、ぼくも気づいた。

前に見える壁。

そこから光が洩れていた。

壁が割れてる？　いや、多分違う。

割れてるっていうより、壁がドアみたいに左右に開こうとしてるんだ。で、隙間が生まれて、そこから光が洩れてる。

「よく見ろ。お前を新しい人生に導く扉だ」

ジンザンの言葉通り、壁に生まれた隙間の奥から、今度は扉が現れた。扉はゆっくりと開きながら、前に出てくる。そうして、どんどんこちらへ来ると、扉はレンガの壁とくっついてしまった。それはもう、ただの壁じゃなく、扉のある壁だった。辺りがひどく明るくなった。開いた扉の中から、目がくらみそうな光があふれてる。

なんだ、これ。

アマンダが想像したわけでもないのに、こんな不思議なことが起こるなんて……。

まぶしさに目を細めて、ぼくが足を止めようとすると、ジンザンの声が今度は足元から聞こえた。

「ためらうな。行け」

続けて、

「忘れた者のことは、お前も忘れろ」

ぼくの後ろに回りこんだジンザンがそんなことを言う。

ぼくは扉の中に入った。

「ジンザン……」

振り返って、ジンザンに呼びかけようとした時、今度は扉がゆっくりと閉まり始める。

そうして、扉はぱたんと閉じ、その向こうにいたジンザンの色違いの目も見えなくなってしまった。

2

夜だった外と違って、扉の中は真昼みたいな明るさだった。

数えきれないくらいの光の粒がぼくの周りを飛んでる。でも、これはぼくの体から出たものじゃない。元々そこにふわふわ浮かんでた光の粒だ。

そんな明るい場所に、道が延びていた。

ぼくが道を進むと、光の粒がぼくの体の中に入ってきた。そうすると、

「あ……」

アマンダと一緒に車にはねられた時、擦りむいたぼくの腕から、傷が溶けるように消えていった。それだけじゃない。扉の外にいた時は透けていたぼくの腕や体も、アマンダが想像してくれた通りの姿へ戻っていく。

もしかして、この光の粒って——。

歩きながら、そんなことを考えた時、周りの景色が急に変わった。

道の両側に、すごく背の高い本棚がずらーっと並んでいた。光の粒も減って、辺りが何かの建物の中みたいな場所になる。

建物の中には、人っぽい影もうろうろしていた。

本を探してるのか、本棚を見上げてる人。そして、この場所で働いてる人なのか、カートに載せた本の一冊を手に取り、本棚に差しこんでる人。

本を棚に入れたその女の人が、カートを押して歩きだした。

ぼくは走ってその人に追いつくと、後ろから声をかけた。

「あの、すみません」

カートを押していた女の人が立ち止まった。ただ、ぼくの方を振り向いてはくれなか

った。きょろきょろ辺りを見回している。

「ぼく、ジンザンに連れてきてもらって――わっ」

突然、女の人がカートを押しながら方向転換した。くるりと後ろを向いて、来た道を戻り始める。ぼくはあわてて飛び退いた。

と、そこで、

「っ？」

ぼよんとした何かが、横に飛んだぼくを受け止めてくれた。

柔らかいゴムまりみたいな何か。

絶対、本棚じゃない。

振り向くと、そこにいたのは、でっかいカバだった。全身ピンク色で、なぜか二本足で突っ立ったカバ。

ぬ、ぬいぐるみ？

そう思ったけど違った。

その証拠に、

「どうしてあの人にお話ししてんの？」

目の前にいるカバはしゃべった。ジンザンと同じように。

腰をかがめ、カバはぼくの顔を不思議そうにのぞきこんできた。

「あの人はホントの人間。きみのことは見えないよ」

言われて、やっとぼくも思い出した。

そうだ。

ジンザンに会ったり、あの不思議な扉をくぐってきたりしたせいで、ちょっと頭が混乱していたけれど。

元々ぼくはそういうもので、アマンダ以外の人にとってはそうだったじゃないか。

「あ、うん。そうだよね」

普通の人には、ぼくの声は届かない。じゃあ、ここのことは、ちゃんとぼくが見えてるこのカバに聞いた方がいいかもしれない。きっと、このカバもぼくと同じ、「見えない友達」なんだ。

そう思って、ぼくがカバの大きな顔を見上げた時、今度は少し離れた場所から賑(にぎ)やかな音が流れてきた。

聞いてるだけでステップを踏みたくなるような、ノリがいい曲。辺りに並ぶ本棚とは全然イメージが違う。

「ちょっと、どいてくれる?」

楽しそうに言いながら、ピンクのカバが走り出した。

「コンサートなんだ!」

訳が分からないまま、ぼくもあとに続いた。

歌う鳥もいれば、踊る花もいた。

足の生えたテレビもいるし、人間と同じ形をした二本の腕を振りまわすトースターもいる。口笛を吹く星に、ぱかぱか開いては舌を出す貝。ボールに乗ったピエロ。でも、ボールはピエロの一部じゃない。ボールにも目がちゃんとあって、自分の上に乗ったピエロと一緒に、流れてる音楽に合わせて体を揺らしてる。

多分、この全部がぼくやカバと同じ、見えない友達。

場所は広間みたいなところだった。

天井がすごく高くて、建物の三階部分まで吹き抜けになった、円形のとっても大きな部屋。

周りをぐるりと囲む壁には、一階から三階までびっしりと、たくさんの本棚が並んでいた。ここまで来ると、間違いなかった。この建物はシャッフルアップ書店みたいな本屋じゃない。きっと図書館だ。それもかなり大きな。

さっきからずっと音楽を鳴らしているのは、蓄音器だった。これも足が生えていて、歩きながら、自分でレコードをぐるぐる回している。そうやって蓄音器は広間の端まで行き、そこにあった階段を上がった。一階から二階へ。そして、三階へ。二階と三階には並んだ本棚を見て回れるように通路が作られてる。

三階の通路の途中には、まるで演説する人が立つ台みたいな、広間全体を見下ろせるスペースがあった。

蓄音器はその場所に立った。ただ、立ったのは蓄音器だけじゃない。

蓄音器の横に女の子がいた。

アマンダよりずっと年上の女の子。

頭にゴーグルをはめていて、少し大きめのオーバーオールを着ている。

蓄音器の横から女の子が前に出ると、それまで曲に乗って踊っていたテレビやトースター、たくさんの見えない友達の中から、ざわめきが起こった。

「あ、エミリ」

「エミリだ」

「エミリーッ」

それがあの女の子の名前らしい。

ゴーグルをした女の子は、手にマイクを持っていた。そして、

「オッホン」

マイクに向かって、というか、自分に注目した見えない友達に向かって、女の子は咳払いをしてみせた。でも、その瞬間、広間に「キーン!」っていう、すごい音が鳴り響いた。女の子があわててマイクを一度口から離す。

音が収まった。

すると、女の子は改めてマイクを口に近づけて、

「みんなー、楽しんでるー!?」

「いえーいっ！」

賑やかな声が返ってきた。

女の子は続けて、

「人間のみなさんはー!?」

これに返ってきたのは、しーんとした空気。

そうなんだ。

ここは図書館。

壁際には本棚が並んでるけど、広間の中には、図書館に来た人が座って本を読むための、机や椅子もたくさん並べられてる。

で、そこには何人もの人がいて、棚から持ち出してきた本のページを静かにめくっていた。周りでは、あんなに賑やかな音楽が流れてるのに。

本を読んでる人たちは、女の子に呼びかけられても知らん顔をしたままだった。

さっきカートを押していた女の人と同じだ。

見えてないし、聞こえてもいないんだ。

「あはははは っ」

楽しそうな笑い声があがった。もちろん笑ったのは本を読んでる人たちじゃない。辺りにいる、見えない友達たち。

ゴーグルの女の子がまた呼びかけた。

「ねー、みんなー。明日(あした)は何曜日ーっ？」

「土曜日ぃ！」

「あさってはーっ？」

「日曜日！」

「その一日、何の日」

「気になる日ぃ！」

「待ちに待ったあっ」

「仕事の日ぃ！」

「みんな仕事して、いっぱい遊ぶよーっ」

「わあああああっ！」

「そのあと、みんなで分けっこだからねーっ」

「いえーいっ！」

な、なんなの？　これ。


急に、その目がこっちを向いた。

にこにこしながら、広間を見渡してたゴーグルの女の子の目。

「わーいっ、わーいっ」

ぼくの横では、あのピンクのカバが楽しそうな声をあげながら、ぼよんぼよんと跳ねていた。ぼくはとにかく、周りの大騒ぎに巻きこまれないようにするだけで精一杯だ。必死に転ばないようにしていると、そこでダダダッという足音を聞いた。

ゴーグルの女の子だった。三階の通路で助走したその子は、勢いよくジャンプして通路の手すりを蹴(け)る。そのまま宙に飛び出す。

――落ちちゃう！

だけど、そうはならなかった。

空中に飛んだ女の子は、着ていたオーバーオールを両手でつかんだ。手で引っ張ると、オーバーオールの生地がゴムみたいに大きく伸びて翼になる。まるでムササビだ。そうやって、女の子はすいーっと広間の上を飛んでみせると、ぼくの目の前に降りた。

「見ない顔だね」

女の子はそう言って首をかしげ、オーバーオールのポケットから何かを取り出した。笛だ。それも普通の笛じゃなくて、先が紙でできていて、吹くと、くるくる巻かれた紙が伸びる笛。アマンダはピロピロ笛って呼んでいた。女の子はそれを自分の口に持ってきて、思いっきり息を吹きこんだ。「ピューッ」っていう高い音がして、笛の先がぼくの鼻の上まで伸びる。

「新入り？」

たずねられて、ぼくはこわごわ答えた。

「あ、はい」

「どうやってここを知ったの？」

「あの、ジンザンに」

その名前を口にすると、また女の子が「ピューッ」と笛を吹いた。

「名前は？」

「ラジャー、です」

「ラッジ。目の色は？」

そんな呼び方をされたことは一度もなかった。

「ラッジ？」

それに目の色って。

え？　ぼくの目の色？

何色だっけ。

ていうか、自分の目の色って、はっきり覚えてるもの？

「う、う〜……」

ぼくは両目を真ん中に寄せて、それぞれ反対側にある目を見ようとしてみた。けど、そんなの無理に決まってる。どんなに頑張ったって、隣にある自分の目を見ることなんてできやしない。

困っていると、女の子がこう言った。

「君のじゃない。ジンザンの目の色は？」

「あ、ああ」

なんだ、そっちの話か。

ん？　けど、それはそれで、どうだったっけ。

確か、

「えっと……右目が青……左目が、赤！」

しんと、ぼくの周りが静かになった。

ひょ、ひょっとして、違った？

だけど、その時、じーっとぼくの顔を見ていた女の子が軽く息を吸いこんでから、

「合格！」

と、大きな声で宣言した。

途端に、「わあっ」という歓声がぼくの周りから沸き起こった。

「知ってたもん。小雪ちゃん、分かってたもん」

うれしそうに繰り返してるのは、あのピンク色のカバだった。その横には、小さなガイコツがいた。模型みたいな白い骨でできていて、ぼくよりも背の低いガイコツ。カバの横で、そのガイコツは、

「ガリガーリ」

聞いたこともない言葉を口にして、骨だけの体を揺らしていた。

「赤！　青！」

「ジンザン！」

「連れてきたーっ」

カバやガイコツだけじゃなくて、他からもそんな声があがってる。

えっと……。

答えは合ってた、ってことでいいの？

ぼくには何が何だか、さっぱりだった。

※

夜だから、図書館はもうすぐ閉まるらしい。

ぼくたちのことが見えない普通の人はどんどん減っていき、ここで働いてるスタッフっぽい人は後片付けを始めている。

というか、ここ、ぼくたちの町にある図書館なのかな？

路地裏から図書館に行けるなんて、アマンダからは聞いたことないけど。

「驚いた？　あたしも最初はそうだった」

そんなことを口にしたのは、ぼくの前を歩くあの女の子——エミリだった。

広間の二階部分にある通路の横には、三階と同じで、やっぱりたくさんの本棚が並んでいる。

普通の人間が減って、辺りにいるのは、ほとんどぼくたちと同じ見えない友達だった。本棚のそばでカード遊びをしてるぬいぐるみ、鼻歌を歌ってる雪だるま。

「ラッジって、人間そっくり」

ぼくの後ろから、あのピンクのカバが大きな体を乗り出してきて、そう言った。カバの横には、さっきのガイコツもいる。

「エミリみたい」

「ガリガーリ」

前を行っていたエミリが立ち止まって、こっちを振り返った。そして、カバの方に目をやって、

「ラッジ、この子は小雪ちゃん」

カバはうれしそうに笑った。

「ボク、小雪ちゃん、こう見えてカバ！」

うーん。

どう見たってカバかな。

「ガリガリガーリ」

ガイコツがカバの足元でぴょんぴょん跳ねていた。なんだか、自分も自分も、って言ってるみたい。

エミリが紹介してくれた。

「この子は、骨っこガリガリ」

言いながら、エミリはガイコツ、いや、骨っこガリガリに手を伸ばした。骨っこガリガリの腕をつかんで、まるでレバーみたいにガシャンと下に引く。途端に、骨っこガリガリの黒い両目がくるくる縦に回り始めた。スロットだ。目がスロットのリールになってるんだ、この子。回った両目のリールは、最後にどっちも7の数字になる。すると、骨っこガリガリの口がぱっくり開いて、そこからたくさんのアメが出てきた。

「よろしく、だって」

笑顔のエミリが、骨っこガリガリの代わりにそんな言葉を伝えてくれた。

「よろしく」

ぼくも挨拶(あいさつ)を返してから辺りを見回した。

「みんな、空想の友達なの？」

「そう」

と、エミリはうなずいた。

「みーんな、イマジナリ」

「イマジナリ？」

どこかで聞いたような……あ、そうだ。

バンティングがぼくのことをそんな風に呼んでた気がする——。

エミリは軽くまばたきして、

「人間の大人たちは、あたしたちをそう呼んでる」

「ガリガーリ」

　骨っこガリガリがそのエミリを横からつんつんと突いた。ぼくには、骨っこガリガリが何を言いたがってるのか全然分からない。だって、ずっと同じ言葉をしゃべってるようにしか聞こえないんだもの。

　ただ、エミリは違ったらしい。

　骨っこガリガリの声を聞いて、何かに気づいたみたいに驚いた顔になった。

「もしかして、ラッジって何も知らないの？」


　図書館からさらに人間が減っていた。

　もう利用客っぽい人は残ってない。

　いるのは、スタッフらしい人だけ。

　二階の通路をまた歩きながら、エミリが口を開いた。

「あのね、ラッジ。想像力がとっても豊かな子たちが、頭の中であたしたちを夢見るでしょ。あたしたちはその子と大の仲良しになって、何もかも全部素敵にうまくいく。でも、子どもたちは成長して、いつか興味もなくなって、あたしたちは忘れられる。普通はそこで終わり。あたしたちは薄くなって消えちゃう」

　そこでエミリは足を止めた。

通路の横にある本棚に手を伸ばしながら、

「だけど、ジンザンとか仲間の誰かが、消えちゃう前にこの図書館に連れてくるの。本って、だいたい想像からできてるでしょ？　あたしたちにとって、想像力って、人間にとっての酸素みたいなもん。ここにはそれがたくさんある」

えっと……。

つまり。

本っていうのは、誰かが色んなことを想像しながら書いたものだから。

その本に詰めこまれた想像力が、ぼくたちに消えない力をくれるってこと？　だから、この図書館に来ると、消えそうになってた見えない友達――イマジナリも消えなくなる？　いまのぼくみたいに。

「あ！　見て」

エミリが別の場所へ目を向けた。

ぼくたちが歩いていた二階の通路の少し先。

そこにはすごくカラフルなイマジナリがいた。最初はこっちに背を向けていたそのイマジナリが体の向きを変えた時、ぼくはちょっとびっくりした。だって、その顔がぼくたちとは全然違っていたからだ。何て言ったらいいんだろう。こう、目や口や鼻が、小さい子が描いた絵みたいに、顔の中でばらばらに置かれてて。

「彼女はレディ・キュービー。有名な画家のイマジナリだったの」

エミリの言葉にかぶさるようにして、そのイマジナリが他のイマジナリと話をしている声が、ぼくの耳にも聞こえた。

「そう！　ピカソ君ったら言うの。ぼくはいつか君を絵にするよって。私、もうメロメロ」

エミリが今度は通路の手すりに近づいて、下をのぞきこんだ。

広間の一階で、メトロノームのイマジナリがおもちゃのピアノを弾いている。

「彼はメトロノーム男爵。耳の聞こえない大作曲家と一緒に、すっごい曲をたくさん作ったんだよ」

ジャーンと、メトロノームの弾くピアノに合わせて、周りにいる楽器のイマジナリたちが曲を奏でた。

「運命的出会いってあるんだね。あそこの震えてるおじいちゃんは伝説中の伝説。最も気高く、尊敬すべきイマジナリの一人だよ」

そう言ってエミリが最後に見たのは、二階にある大きな本棚の前で、何やら考えこんでいるおじいさんだった。

そのおじいさんのイマジナリはウンウンうなったあげく、よく通る声でこう言った。

「生きるべきか、死ぬべきか。それが問題だ……」

エミリが通路の手すりに両手をついた。

「あたしたちは子どもたちの想像から生まれて、その子と親友になって、人間の世界を素晴らしくしてるんだよ。素敵じゃない」

　急に辺りが暗くなった。

　ぼくたちの頭の上、広間の天井のライトが、端から順に消えようとしていた。ライトが全部消えると、図書館の中はかなり薄暗くなる。見えるのは、本棚と本棚の間にある小さな電灯の明かりくらい。

「ガリガリガーリ」

「最後の人間が帰ってくよ」

　骨っこガリガリと小雪ちゃんの声が聞こえた。見ると、一階でカートを押した人が扉から出ていこうとしていた。広間に残っていた普通の人は、その人が最後だ。外に出て、ぱたんと扉を閉める。そうすると、本棚の間の電灯さえ消えてしまった。

　真っ暗な中でエミリの弾んだ声がした。

「これで図書館はあたしたちのもん」

　エミリはそう言うけど、ぼくはちょっと怖かった。だって、暗いと、あの黒い女の子に襲われた夜のことを思い出しちゃうから。

　ぼくの横から小雪ちゃんがささやいた。

「ラッジ。お楽しみはここからだよ」

「そう！」

　と、エミリはやっぱり明るい声で。

「イマジナリの偉大さが理解できたら、こう思わない？　あたしたちにはもっと素敵な居場所が用意されていいって！」

　エミリの言葉が終わらないうちだった。

　不意に、ぼくたちの頭の上が明るくなった。

　ライトがまたついたわけじゃない。

　光の粒だった。ゆらゆらと揺らめく、たくさんの光の粒が広間の天井に湧いている。

　気づくと、図書館にいたイマジナリたちが全員、広間の二階と三階の通路に集まっていた。逆に一階はがらんとしている。そこに天井から光の粒が雪みたいに降り注いだ。

　イマジナリたちから歓声があがる。そうやって、天井から降ってきた光の粒が一階の床に触れると、ぼくの目に見えていた世界が大きく変わった。

　床がへこんだ。

　いや、へこんだっていうより、一階の床全体が砂になって穴があいた。穴に砂が一気に落ちていく。それでいて、床の上に置かれていた机や椅子は動かない。穴に落ちず、その場に浮いたまま。

　そうして、今度は広間に置かれていた全ての本棚がガタガタと揺れ始めた。揺れはあっという間に大きくなり、本棚から本が飛び出してきた。それは一言でいえば、本の洪水だった。棚からあふれ出た本の洪水。一階に向けて流れ出し、そこに浮かんでいた机や椅子と一緒になって何かを作り始める。

まるでブロックのように組み合わさっていく、たくさんの本。

みるみるうちに、それは家になった。船になった。川になった。

そう。

本が作りだしていくのは、町だった。

町の真ん中にはお城みたいな立派な建物がある。カラフルな屋根を持つ家と家の間には、きれいな水が流れ、水路ができあがった。水路には橋がかけられ、橋の下には小さな船も浮かんでる。

ぼく、この町に似た町を見たことがある。

アマンダが持ってた絵本の中で。

そうだ。

これって、水の都って言われてる、すごく歴史があって、とってもきれいな町じゃなかったっけ――。

「わあああああ!」

イマジナリたちの歓声がますます大きくなり、そして、町は完成した。

辺りはもう暗くなんかない。

そこにあるのは、夜だけど、光と水があふれる町並み。

エミリがくるりとぼくの方を向いた。

大きく両手を広げると、

「ようこそ、イマジナリの町へ！」

たくさんのイマジナリたちが町に下りて、水路にかかった橋を渡ろうとしていた。

第四章　想像する力がなくならないように

1

町はお祭り騒ぎだった。

楽器のイマジナリがかき鳴らす音楽。それに乗って歌ったり踊ったりしてる、たくさんのイマジナリたち。

町の中には広場があった。大きな焚火(たきび)が広場を照らしてる。キャンプファイヤーだ。

ほんと、ここがさっきまで図書館だったなんて、信じられないくらい。というか、広さだって元の図書館とは全然違う。図書館の広間がいくら広いからって、町が収まるほどじゃないはずなんだから。

——なんだか、アマンダが想像する世界みたい……。

エミリや小雪ちゃんたちと並んで広場に座り、ぼくはキャンプファイヤーの炎をぼんやりと見上げていた。

すると、ぼくが見ている前で、ぱちぱちと音を立てて燃え上がっていた炎が形を変えに戻る。

た。ゆらめく炎が人の形になり、それは女の子になる。アマンダだった。アマンダの顔をした炎の女の子。だけど、驚くぼくの前で、すぐに炎は形を崩してしまった。元の炎に戻る。

「エミリ、あのさ」

と、ぼくは隣に座るエミリを振り返った。

「教えてほしいことが」

だけど、言いかけた時、

「ガッリ、ガリガーリ」

燃え続けてるキャンプファイヤーの方から骨っこガリガリが近づいてきて、ぼくに何かを差し出した。それは串に刺した焼きマシュマロだった。

「あ、ありがとう」

ぼくが串を受け取ると、隣にいたエミリが口を開いた。

「イマジナリの町はね。本の中の想像力が作ってくれるの」

その目はぼくじゃなく、町の上に広がる星空に向けられていた。

「毎日違う町になる。明日も、あさっても」

「昨日はマチュピチュ。おとといはワンドゥードルって国に行ったよ」

この声は小雪ちゃん。

「図書館ってさあ、あたしたちにとっては我が家みたいなもん」

エミリがまた言う。

「ここからどこへでも行けて、いつでも帰ってこれるんだから」

エミリの話を聞きながら、ぼくは骨っこガリガリから受け取った焼きマシュマロを頬張った。とろけるような甘さ。熱くて口の中を火傷しちゃいそうだけど、すごくおいしい。

はふはふ食べていると、笑みを浮かべたエミリの目が、ぼくをちらりと見た。

「ラッジ。これって、あたしたちには絶対できないことなの」

そう言って、エミリは自分の手に持っていたサンドイッチを半分こにして、ぼくに分けてくれた。

「想像力でいろんなものを作りだすのは人間がすること。あたしたちにはできないの。でも、あたしたちにはあたしたちにしかできない仕事がある」

サンドイッチを受け取ったぼくは、エミリの言葉を繰り返した。

「仕事……」

「そう。子どもたちの想像を一緒に冒険して、一緒に遊ぶの。そのサンドイッチもマシュマロも、みんなが仕事をしてもらってきたお裾分けなんだよ。子どもたちの想像の中からね」

え。

じゃあ、このサンドイッチとマシュマロは、今ぼくたちの周りにある町と違って、本の想像から生まれたものじゃないってこと？

「明日から、ラッジにもたくさん仕事をしてもらうからね」

エミリはそう言うのだけれど、ぼくにはその「仕事」ってやつが何なのか、いまいちピンとこない。子どもたちの想像を一緒に冒険する仕事？

それに、

「エミリ……でも、ぼく、行かないといけないんだ」

そうなんだ。

ジンザンの言ってたことは正しかった。この図書館に来たおかげで、ぼくは消えずに済んだ。

だけど、ぼくの中には「消えたくない」っていう気持ちだけじゃなく、もう一つ、別の気持ちがある。

アマンダ……。

「今日、ぼくの友達が、バンティングってやつに」

だけど、ぼくがそこまで言葉を続けた時だった。

「バンティング!?」

エミリじゃなく、小雪ちゃんがびっくりしたみたいな声をあげた。いいや、小雪ちゃんだけじゃない。骨っこガリガリはその場でぴょんと飛び上がり、そして、広場のキャンプファイヤーの炎が大きく揺らいだ。曲を流していた楽器のイマジナリたちが、「プワワーンッ！」と音を思いっきり外す。

「ラッジ、いま、バ、バンティングって言ったのっ？」

「そうだよ。何か知ってるの!?」

小雪ちゃんに答えて、ぼくは辺りのイマジナリたちを見回した。でも、イマジナリたちはぼくの質問に答えてくれなかった。みんな氷漬けになったみたいに固まってる。

ぼくはエミリに向き直った。

「あいつがぼくらを襲ってきたんだ！　あいつのせいで、ぼくの友達が車に轢かれちゃったんだ」

口に出すと、その時のことを思い出して、胸が張り裂けそうになった。アマンダのあんな姿だけは見たくない――見たくなかった。それもこれも全部、バンティングとあの黒い女の子のせい。

「……バンティング。ミスター・バンティング」

突然の声はエミリじゃなかった。

少し離れたところにいた別のイマジナリ。一人じゃない。二人一組で、どっちも卵っぽい形をしてる。でも、その卵にはちょんまげが生えてるんだ。サムライエッグっていうらしい。

右のサムライエッグがバンティングの名前を口にすると、さっきアマンダの姿を作ったキャンプファイヤーの炎が、今度はバンティングの形を作った。口の中にたくさんの歯もある、本物そっくりのバンティング。

「気味の悪いやつでござる」

サムライエッグがまた言うと、もう片方も「うんうん」と丸い体を上下させた。

「バンティングは拙者たちイマジナリを食べて生き続けるんでござる。何百個も、何百年も」

「アタクシたちと人間のお友達はいつか必ずお別れが来ますの」

別のイマジナリが口を挟んだ。こっちは体の形がトイレに似てるんだけど、貴婦人みたいなドレスを着てるイマジナリだった。名前はマダムトワレ。

「でも、バンティングはお別れが嫌だった。大人になっても想像する力が欲しくって、ある日、他の子のイマジナリを奪い、飲みこんだ！」

マダムトワレの言葉の途中で、またまた炎が形を変えた。

現れたのは、きれいな顔の女の子だった。でも、最初は明るく笑っていたその子の見た目が急に変わる。顔から表情が消えて、目が幽霊みたいにくぼんで暗くなる。

あの子だ。

バンティングと一緒にいた、黒い女の子。

女の子は炎の中で背を向けた。そして、その背中に向かって別の男の子が必死に手を伸ばしていた。

マダムトワレの話を聞いたから、ぼくにもその意味が大体分かった。

多分、あの男の子が子どものころのバンティングなんだ。ママやゴールディがそうだけど、大人はアマンダと違って、ぼくみたいな見えない友達がいない。想像することができないのかもしれない。でも、炎の中にいる子どものバンティングは、自分がそうなるのを……大人になって見えない友達とお別れするのを嫌がってる。

炎の中で女の子に手を伸ばしてた男の子が、みるみるうちに大きくなり、今のバンティングになった。あの歯だらけの口を大きく開き、キャンプファイヤーの周りに集まったイマジナリたちを脅かす。イマジナリたちが「ひぃっ」と悲鳴をあげた。

「バンティングはどこにでも現れるでござる」

「アタクシたちの匂いをかいで、先回りして」

サムライエッグとマダムトワレが言うと、炎のバンティングはみんなを脅かすのをやめた。けれど、イマジナリたちのパニックはおさまらなかった。

「いまじなりぃを食べて生きちぢてける……」

「想像する力がなくならないように」

「いまもどこかで――」

あちこちからあがる、イマジナリたちのおびえた声。

それを振り払ったのは、怖がって震えていた骨っこガリガリを抱き上げたエミリだった。

「ちょっと、みんな、落ちついて」

立ち上がったエミリだけは、他のイマジナリと違って明るい表情を浮かべていた。

「大丈夫！　ここは図書館だよ。安心安全なイマジナリの町なんだから」

自信満々の声が広場に響くと、たくさんのイマジナリたちがハッとしたようにエミリを見た。バンティングの姿を作っていたキャンプファイヤーの炎が小さくなって、普通の炎に戻る。

それを見てうなずいたエミリは、隣にいるぼくを振り返り、

「悪いけどさ、ラッジ。ミスター・バンティングのことは、みーんな知ってる。だって、都市伝説みたいなもんだから。会ったなんてウソついてもダメ。ミスター・バンティングに会ったなんて子、ひっとりもいないんだから」

ウソ!?

周りにいるイマジナリたちがエミリの言葉を聞いて、ほっとしたような顔をしていた。

ぼくは少し自分のお尻（しり）を浮かせた。

「ぼくたちは会った。アマンダを襲って、ぼくを食べようとした」

でも、エミリはぼくの言い分をろくに聞いてくれなかった。

抱いていた骨っこガリガリを地面の上に下ろしながら、

「ラッジ。お話の邪魔をしてごめん！　でも、もうおしまい」

「本当なんだ、エミリ」

ぼくは身を乗り出した。

「アマンダはバンティングに――」

「あのさ、ラッジ。何があったのか知らないけど、あたしだって可哀そうだって思ってる。友達のこと、心配なのもよーく分かるよ」

……だめだ、これは。

分かるよって言いながら、エミリはぼくの言うことを何も分かってない。アマンダの話が時々耳に入らなくなるママみたいだ。

だから、ぼくもそれ以上エミリと話をするのをやめた。

立ち上がって、広場の中を歩き出す。

「ちょっと、ラッジ。どこ行くつもり？」

そんなの決まってるじゃないか。

「アマンダを捜しにいく」

強い言葉でぼくが答えたら、後ろからもっと強いエミリの声が返ってきた。

「その子を捜すことなんてできっこない」

そのきっぱりとした言葉が、今にも広場の外へ出ていこうとしていたぼくの足を止めた。

「分かってるでしょ？　図書館を出たとたん、ラッジは消えちゃうんだよ」

これには何も言い返せなかった。

それは……そうだ。

この図書館に来る前、ぼくは消えかけてた。

図書館に来たから、消えずにすんだんだ。

エミリの言うことは正しい――。

「…………」

前を向いたまま、ぼくが黙りこんでいると、エミリが変わらない声でまた言った。

「この際、はっきり言わせてもらう。ラッジは二度とその子には会えない。そんな風にはいかないの。あたしがルールを作ったわけじゃないけど、ちゃんとしたルールがあるの。ラッジはもう忘れられちゃった。後戻りはできないの」

「違う。アマンダはぼくを忘れない」

「あんたの友達があんたを忘れてなかったら、あんたはとっくにその子に呼ばれて、ここにはいない」

エミリの言葉がグサグサ、ぼくの体に突き刺さる。

ぼくは自分の言葉でそれをはねのけようとしたんだけど、その前に別のところから別の声があがった。

「ちがうよ」

小雪ちゃんだった。

小雪ちゃんは最初に会った時と何も変わらない可愛い声で、

「しんじゃったんだよ」

あっけらかんと、ぼくが一番聞きたくなかったことを口にした。

ぼくはまた何も言えなくなってしまった。

エミリが今度は少しだけ、年下の子に教えるみたいな言葉で話しかけてきた。

「ラッジ、聞いて。ラッジの答えは逆だった。ジンザンの目は、右目が赤で、左目が青。自分が見ているものが正しいとは限らないの」

それだけ言うと、エミリはパンパンと両手を打ち鳴らし、ぼくじゃなく、他のイマジナリたちに呼びかけた。

「はーい、みんな！　もうお片付けして寝る時間よー」

エミリに背中を向けたぼくの周りが、ざわざわと騒がしくなった。

広場に集まってたイマジナリたちが、エミリの言葉に従って片付けを始めたみたいだった。辺りが暗くなる。キャンプファイヤーの炎が消えたんだろう。そうして、広場から立ち去っていくイマジナリたちの足音が、ぼくの耳にも聞こえた。

一人、ぼくだけがその場から動けなかった。

そして、そんなぼくのことをなぜか、少し離れたところから、歳を取った一匹の犬のイマジナリがじっと見ていた。

※

星には、トランプの形をした王子様が住んでるんだ。

王子様にはテントウムシたちが仕えてて、毎晩一緒にタンゴを踊ってる。

うん。

アマンダが前に想像した世界の話なんだけどね。

もちろん、ぼくは本物の星に何がいるか知らない。だって、地面から見る星はあんまりにも遠すぎて、そこに何がいるかなんて見えっこない。けど、もし見えたとしても、それは本物とは限らないんだろうか。エミリの言うことが正しいのなら。

「…………」

さっきまでと違って、町にはしっとりとした曲が流れていた。

曲を奏でているのは、蓄音器のイマジナリ。

子守唄みたいなその曲を聴きながら、イマジナリたちは町のあちこちで眠ってる。

ぼくは町にある一軒の家の屋根に上って、座りこんでいた。

ここからは町を見渡すことができる。

屋根の横にはテラスもあって、テラスにはハンモックがいくつもかけられていた。エミリや骨っこガリガリ、小雪ちゃんがハンモックの上で横になっている。「カバー、カバー」っていう小雪ちゃんのいびきは結構うるさい。

小雪ちゃんのいびきを聞きながら、ぼくはぼんやりと夜の町を眺めていた。

そこに、

「辛(つら)いだろうな。最初の夜は特にな」

振り返ってみると、屋根の向こうから一匹の猫が近づいてこようとしていた。左右の目の色が違う猫。

「ジンザン？」

ぼくが名前を呼ぶと、足音を立てずに近づいてきたジンザンは、ぼくの横に座りこんだ。

こうして見てみると、やっぱりぼくには、左目が赤くて、右目が青い猫に見えるんだけどな……。

「ここはいいところだ」

ぼくの隣に座ったジンザンは、町の方を向いて、そんなことを口にした。

「仕事をすれば、飯にもありつける」

なんとなく、その言葉はぼくに言い聞かせているようにも聞こえた。

この図書館にいれば、お前も消えなくてすむ。

だから、ここにいればいい――って。

ぼくはうつむいた。

少し黙りこんだあとで、

「……君は言ったよね？　ぼくがアマンダの答えだって。でも、ぼくはもうアマンダに会えない。これが答えなの？　アマンダの答えなの？」

答えはすぐには返ってこなかった。

しんとした夜の風がぼくの耳元を通り過ぎる。

風が過ぎ去ったあとで、ジンザンの声がまた聞こえた。

「別れは誰でも通る道だ」

「………………」

「オレの友達は最高の相棒だった。だが、あまり幸福じゃなくってな。夜、その子が眠っていると、酔っ払って帰ってきた父親に起こされては、ひどい仕打ちを受けていた」

「ひどい仕打ち？」

たずねたけど、これにはジンザンは答えてくれなかった。

「一日が終わると、その子はいつも俺にお願いするんだ。『ジンザン、眠らないで。そばで見張ってて』ってな」

お父さんにひどいことをされないように、ってことなんだろうか。

ぼくがまた黙りこむと、ジンザンは静かに話を続けた。

「オレは見張った。その子を見続けたよ。その子がオレのことを忘れる日までな。だから、オレは眠らない。眠るように想像されてないからだ。オレたちイマジナリが生まれるのには理由がある」

生まれる理由――。

ジンザンが立ち上がる気配がした。

「少年よ。安心して眠れ。オレが見張っているからな」

ほんのちょっとだけど。

ジンザンのことが分かったような気がした。

きっと、そうやって誰かを見張ることも、ジンザンが生まれた「理由」の一つなんだ。

友達から忘れられても、ジンザンはそれを大切に守り続けている。

――じゃあ、ぼくは？

「ジンザン」

離れていこうとしてるジンザンに向かって、ぼくは言った。

「ぼくは泣かないんだ。アマンダが泣かないように想像したから」

そうだ。

屋根裏の誓い。

消えないこと、守ること、ぜったいに泣かないこと。

本当はこんな時、泣いた方が楽なのかもしれない。

だけど、ぼくは泣かない。泣けない。

それがアマンダの想像した、ぼくっていう友達なんだから……。

2

翌朝はジンザンじゃなく、別の声で起こされた。

「ラッジ。ラッジってば」

うっすら目を開くと、ピンク色のカバがぼくの顔をのぞきこんでいた。小雪ちゃんだ。すぐ横には骨っこガリガリもいる。

「朝だよ。起きて」

起き上がって辺りを見回してみると、そこは町じゃなかった。

周りに見えるのは、たくさんの本棚。そして、並べられた机と椅子。本棚の間には、人の姿もある。

あれ？

ぼく、こんなところで寝た覚え、ないんだけど。

「エミリが待ってるよ」

「ガリガーリ」

小雪ちゃんと骨っこガリガリに言われて、やっとぼくの頭がまともに動きだした。

そっか。

ゆうべの町はもう消えたんだ。

あれは図書館の本が作った想像の町だったんだから。

朝になったら、それはおしまい。

だから、そこは昨日も見た、図書館の広間だった。

小雪ちゃんと骨っこガリガリに連れられて、ぼくはその場所へ向かった。

広間の中にある大きな掲示板。

たくさんの紙が貼られたその掲示板の周りには、図書館に来た普通の人だけじゃなくて、エミリや他のイマジナリたちの姿もあった。ぼくたちが近づいていくと、気づいたのか、エミリが振り返る。

「ラッジ、遅い。そんなんじゃ、いい仕事とられちゃう」

あいかわらず、ぼくにはその「仕事」っていうのが何なのか、よく分かんないんだけどな。

図書館にいるイマジナリはその「仕事」をやらなきゃいけない——そのことだけは、ゆうべのエミリの話を聞いて分かったけど。

ただ、それは……えっと、置いといて、

「おはよ、エミリ」

と、ぼくは小さな声でエミリに挨拶（あいさつ）した。

本当は昨日のことがあったから、エミリと話すのは気まずい。だって、あれ、ほとんどケンカみたいな言い合いになっちゃったし。それに、エミリは無理だって言うけど、ぼくはまだアマンダのこと、あきらめるつもりなんてないし。

でも、だからって、いつまでもウジウジしてるのも良くないよね、きっと……。

挨拶したぼくを見て、エミリの方は少し黙りこんだ。

けれど、すぐにその目がふっと優しく笑い、

「おはよ、ラッジ。さあ、元気出していくよ」

※

「ラッジ。基本の『き』は、この掲示板をよーく見ること」

掲示板の前で、エミリはそう言った。

「自分にふさわしい仕事が出てくるまでね」

ぼくは掲示板を見上げた。

スポーツの子どもクラブを宣伝してる紙や、迷い猫を捜してる紙なんかが、いっぱい貼ってある。

「……これが仕事？」

掲示板を見ることが？

「ラッジ。よーく見る」

よく見ろって言われても。

長方形の掲示板の上の方には「みんなの掲示板」って書かれたプレートが貼りつけられていた。

で、そのプレートの下にたくさんの紙が貼られてるんだけど、別におかしなところなんか——って、え？

「！」

そこで、ぼくはまばたきして、掲示板を見直した。

というのも、掲示板に貼られた紙が急にぶるぶると震え始めたからだ。それだけじゃない。掲示板のプレートの文字も変わった。「みんなの掲示板」が「本当のお友だち紹介所」っていう文字に換わる。そして、平らだったはずの掲示板の向こうに、小さな宇宙みたいな空間が生まれた。そこから、何かがゆっくりと浮かび上がってくる。

それは写真だった。

いろんな子どもたちの顔が写った、たくさんの写真。

「写真だ。エミリ、写真が出てきた」

「うん。この子たちはね、あたしたちと遊びたがってる子たち。ラッジが『この子！』って思った子の写真を取るんだよ。大切なのはいつだって友達選び」

ぼくの周りで、他のイマジナリたちが写真を見て、わいわい騒いでいた。

「あっ。この子、いっつもおいしいもんを想像するよ」

「アイス、食べたい」

「ケバブがいい」

「あの子にしようかな……でも、わがままな子だったらヤだな」

「げっ、暴れん坊だあっ」

「ブーブー。この子はダメ。他の子にしよっと」

そういえば、エミリは昨日言っていた。

子どもたちの想像を一緒に冒険して、一緒に遊ぶ。

それが、ぼくたちイマジナリにしかできない仕事だって。

つまり、この写真に写っている子たちの中から一人を選んで、その子と遊ぶのが、ぼくたちの仕事ってこと？　ぼくがアマンダと一緒にアマンダの想像した世界で遊んでたみたいに？

「いい？　考えちゃダメ。感じるの」

またエミリが言った。

感じる、感じる……えーっと、どうやれば考えたんじゃなくて、感じたことになるんだろう。

分からないまま、ぼくは並んだ子どもたちの写真を一つ一つ見ていった。写真の下にはタイトルみたいな名札も付いていた。「スイマー・ボブ」とか、「料理の達人・ジェフ」とか。ボブやジェフは、写ってる子たちの名前なんだと思う。でも、名前の前にくっついた料理の達人やスイマーっていうのは、何なのかよく分からない。

そうやって見て回っているうちに、ふと、ある写真に目がとまり、ぼくは「あっ」と声をあげた。

見覚えのある顔がそこにあった。

確か、アマンダがあんな事故に遭う前の日の出来事だったはずだ。

ぼくはアマンダと一緒に学校へ行き、そして、帰りのバスの中でその子に会った。

「かいじゅう」っていう絵本を持ってた男の子。

写真の下には、「キャプテン・ジョン」っていう名札がついてる。

「ジョン、くん……」

つぶやいたら、写真が掲示板から飛び出してきた。その子の写真だけじゃない。他の子たちの写真もだ。たくさんの写真が宙にふわふわ浮かび、ぼくの横を通り過ぎる。でも、ぼくの目はその子の写真から離れなかった。こうして近くで見ると、やっぱり間違いない。

「ジョン君だ」

ぼくはもう一度その名を口にして、宙を飛ぶ写真を追いかけた。エミリや小雪ちゃんたちもぼくについてきた。

図書館の広間で紙吹雪みたいに舞う、たくさんの子どもたちの写真。

「ラッジ。写真は電車の切符みたいなもん。絶対なくしちゃだめ」

エミリの声を聞きながら、ぼくはジョン君の写真に向かって両手を伸ばした。

「今よ、取って！」

エミリの掛け声とほとんど当時に、ぼくの指先がジョン君の写真に触れる。エミリや小雪ちゃん、骨っこガリガリがぼくの体につかまる。

その瞬間、ぼくの周りの景色がぐにゃりと歪んだ。そして、生まれたのは、まばゆい光。

辺りいっぱいに広がったその白い光の中に、ぼくたちは溶けるようにして吸いこまれていった。

第五章　生きていてほしい

1

空に青い地球が浮かんでいた。

宇宙服を着たぼくは今、穴だらけの月の上に立っている。

少し離れたところに、大きな宇宙船が着陸していた。

なに？　ここ。

「石を……取ってくるんですか？」

宇宙服の通信機に向かって、ぼくがたずねると、

「そうだ。君の大事なミッションじゃないか」

宇宙船のキャプテン――つまり、ジョン君の声が通信機から返ってきた。

「レアアイテムなんだぞ。早く持ち帰るんだ」

そう言われて、ぼくもやっと今の自分が何なのか、分かった。

ここはきっと、ジョン君の想像が作った世界。

子どもたちの想像の中で一緒に遊ぶ。それが、ぼくたちイマジナリのお仕事。で、ここでのぼくの役は、宇宙船のキャプテン・ジョン君と一緒に、月を冒険する隊員。

ぼくは月の地面を蹴った。

自分の体が一度ふわりと宙に浮かんで、ゆっくりと地面に降りる。あ、これ、本物の宇宙っぽい。楽しい。

そうだ。石、石。

体を曲げて、足元に転がっていた粘土細工みたいな石ころを拾い上げる。

けれど、その時、

「隊員、戻れ！」

通信機からジョン君の緊張した声が流れた。

「敵が来るぞ！」

敵!?

ジョン君の言葉通り、暗い宇宙から羽虫みたいな形をした小型の戦闘艇が飛んできた。数は月の空を埋め尽くすほど。そのたくさんの戦闘艇が一斉にビームを撃つ。一発がぼくのすぐそばの地面に当たり、ぼくは宙に弾き飛ばされた。

「うわっ」

戦闘艇は、ぼくだけじゃなく、ぼくたちの宇宙船も攻撃していた。それこそ虫みたいに宇宙船の周りを飛び回り、雨あられとビームを降らせている。

「ラッジ！　早く戻って！」

通信機から、今度はエミリの声がした。ジョン君の想像の世界に入りこんだのは、図書館であの写真を手にしたぼくだけじゃない。ぼくにつかまっていたエミリ、小雪ちゃん、骨っこガリガリも一緒だった。

「あああ……」

飛び交うビームの中、ぼくは宇宙船に向かって懸命に走った。タラップを伝って、なんとか船内に入る。

「みんな！　こっちもビームの準備だ」

宇宙船の司令室に戻ると、ジョン君の声はもう通信機からじゃなく、直接聞こえた。

「了解！　キャプテン！」

オペレーター役のエミリが目の前にある操作パネルに手を伸ばした。パネルに指を走らせながら、エミリはぼくに、

「ラッジ。仕事は遊びじゃないの」

「遊びで仕事だよ」

これはエミリが座る操縦席の後ろにいた小雪ちゃんの言葉。

一瞬、手を止めたエミリは、小雪ちゃんと顔を見合わせてから、

「これはあの子の想像の遊びだけど、下手をすれば命に関わるの。想像の中で死んだら、あたしたちは消えちゃう」

そう言ったあとで、エミリは急に何かに気づいたように「あれ？」と首をひねった。

「ラッジ。骨っこガリガリは？」

「ぼくは一緒じゃないよ」

外で着ていた宇宙服のヘルメットを脱ぐ手を止めて、ぼくは答えた。月の石を拾いに行ったのは、ジョン君に指示された隊員、つまりぼくだけだ。

「どこいっちゃったんだろ……わっ！」

エミリが心配そうにつぶやいた時、司令室を激しい衝撃が襲った。戦闘艇が撃つビームが、司令室の近くに当たったんだ。爆発が起きる。小雪ちゃんが床の上にひっくり返り、エミリはぼくの宇宙服にしがみついた。

「……ラッジの友達選び、失敗かも」

警報がけたたましく鳴ってる。

艦長席に座ったキャプテンのジョン君が悔しそうに言った。

「くそう、こんな時、アイツがいてくれたら」

アイツ？

「宇宙のヒーロー、プニョプーニョ！」

え、なに？　その、水族館にいるウミウシとかに似合いそうな名前のヒーロー。

ちょっと弱そう……。

だけど、そんなことを思ったぼくは、とっても失礼だったのかもしれない。

だって、ジョン君がその名前を呼ぶと、宇宙船の外に、そいつが格好よく現れたからだ。

見た目はウミウシじゃなくて、パンダに似ていた。赤いマントをはためかせ、月の空を飛んでる。一度だけ、飛びながらぼくたちの方を振り返った。よく見れば、パンダなのは外側だけだった。着ぐるみっぽい見た目の皮を、ぼくたちも知ってるイマジナリがかぶってる。

「骨っこ？」

小雪ちゃんが名前の半分を口にした。

うん。

あれは骨っこガリガリだ。

ぼくたちに手を振ると、骨っこガリガリはそのまま一直線に戦闘艇へ向かっていった。

戦闘艇がビームで、宇宙のヒーロー・プニョプーニョになった骨っこガリガリを狙う。だけど、プニョプーニョには当たらない。右に左にビームをかわし、プニョプーニョはパンダの目を光らせる。

「行けーっ！　プニョプーニョ！」

ジョン君の応援を背中にもらって、プニョプーニョは自分の目から、輝く光の弾を発射した。光の弾は矢のような勢いで飛び、あっという間に敵を蹴散らす。宇宙に弾き飛ばされた戦闘艇は、すぐに見えなくなる。

「やったーっ」

「プニョプーニョ！」

エミリと小雪ちゃんが大喜びして叫んだ。

月の空に浮かんで腕組みをしたプニョプーニョがもう一度、こっちを振り返った。

艦長席のジョン君はその得意そうな姿をキラキラした目で見つめていた。

ただ、そこでジョン君は軽くあくびをした。

少し眠たげに目をこすりながら、

「サンキュー。プニョプーニョ……」

うれしそうにつぶやいた後で、ジョン君はゆるゆるとまぶたを閉じる。

途端に、司令室の様子が変わった。

椅子や床から立ち昇る、たくさんの光の粒。いや、司令室だけじゃない。外の月や、宇宙だって同じだった。そこにある全ての物の色が薄くなり、同じような光の粒があちこちで湧いている。

「想像が終わる」

エミリがつぶやいた。

この世界を作ってたジョン君が寝ちゃったからか。てことは、やっぱりこの光の粒が想像力の塊みたいなものなんだ。

だけど、そんなことを思いながら、宇宙服のヘルメットを脱いだぼくが、周りに浮かぶ光の粒を見ていた時だった。

『……先に言っとくね！　どういたしまして……』

え——。

耳を撫でたその声に、ぼくはハッとして、声のした方向へ目をやった。

艦長席でジョン君が眠っていた。だけど、その横に誰かがいる。ぼんやりとした影だったけれど、ぼくが見間違うはずなかった。

——アマンダ⁉

ぼくは自分の手に持ったままだったヘルメットと、ジョン君の写真を近くの椅子の上に投げ捨てた。

あっ、とエミリが声をあげた。

「ラッジ、写真が」

「え？」

アマンダのところへ駆け寄ろうとしていたぼくも、エミリの声に振り返った。ぼくが投げたジョン君の写真に、エミリが手を伸ばしていた。写真の周りにおかしなものが見える。ぼくたちがこの世界に来る前にいた、図書館の景色。たくさんの本棚が並んだその景色は、伸ばしたエミリの手の先で急に歪んだ。ぐにゃりと潰れ、あっという間に点のようになってしまう。

その瞬間、この世界に来た時と同じように、ぼくたちの体を光が包みこんだ。

2

気づくと、ぼくとエミリたちは床の上に倒れていた。

宇宙船の床じゃない。

そんなに広くない部屋だ。

壁に輪っかのついた土星やたくさんの星が浮かぶ宇宙の絵が描かれていて、その横にカラフルなベッドが置いてある。ベッドの上には誰もいなかったけれど、すぐそばの床でジョン君がすやすや眠っていた。

えっと、つまり。

ここってジョン君の部屋？

「ガリガリ」

「図書館じゃない」

骨っこガリガリと小雪ちゃんがつぶやき、ため息をついてみせたのはエミリだった。

「ラッジ。写真が切符って言ったでしょ。あたしたちは一日だけのイマジナリなの」

立ち上がったエミリが部屋のドアに近づいた。

「仕事が終わったら図書館に帰らないと――ダメだ。閉まってる」

「エミリ」

と、小雪ちゃんが口を挟んだ。

「窓があいてる。小雪ちゃんも通れそう」

小雪ちゃんの言う通り、部屋の窓は開きっぱなしになっていて、外の星空が見えていた。いつの間にか日が暮れている。

エミリが今度は安心したように息を吐き出した。

「ふぅ……ラッジ。このまま閉じこめられてたら、時間切れで消えちゃってた」

それで、ぼくにもやっと理解できた。

ぼくたちイマジナリは図書館を出たら、本当は消えちゃう。だけど、仕事でどこかの子どもの想像の世界へ遊びに行く時は、図書館の外に出ることになる。でも、そうやって図書館を出ても、ぼくたちは消えない。多分、一緒に遊ぶ子の想像力が図書館の本の代わりになってくれるんだ。

ただ、エミリの話だと、それは一日限り。遊んでた子の空想が終わったら、図書館に帰らなきゃいけない。でないと、ぼくたちはだんだん薄くなって、そのうち消えてしまう。

ぼくがあのジョン君の写真を持ったままだったら、今ごろ、ぼくたちは図書館に戻ることができていたんだろう。

「ごめん、みんな」

と、ぼくはエミリたちに謝った。

「しょうがないよ。ラッジは初めてだもん」

小雪ちゃんが明るく言った。

エミリも気を取り直したように笑う。

「そうね。ま、しょうがないか。さ、みんな、消えないうちに帰ろ」

エミリと同じように、ぼくと小雪ちゃんも立ち上がった。

骨っこガリガリだけは、ジョン君のそばで骨だけの膝をつき、やっぱり骨だけの手で、眠っているジョン君の頬を撫でていた。

「ガリガリガーリ、ガーリ、ガリ」

ジョン君にお別れの挨拶をしてるみたい。

けれど、ぼくやエミリが先に部屋の窓から外へ出ようとした時、

「！　ガリ、ガ」

ぼくたちの後ろでまた骨っこガリガリの声がした。

振り返ってみると、

「ふふふ……」

眠っていたはずのジョン君が目を閉じたまま、笑顔で骨っこガリガリの細い手を握っていた。

骨っこガリガリが、ぼくたちの方へ顔を向けた。

「ガガリ、ガリガーリ」

ぼくには、骨っこガリガリのその言葉の意味が全然分からない。でも、エミリは、

「えっ、うそ！　もしかして」

「どうしたの？」

ぼくがエミリにたずねると、眠ったままのジョン君がまた口を開いた。

とっても楽しそうな寝言。

「プニョプーニョ……明日も一緒に遊ぼ……」

その言葉と同時に、ジョン君につかまれていた骨っこガリガリの手が、むくむく膨れ上がった。骨だったはずの手が、ぬいぐるみみたいな柔らかそうな手になる。変わったのは手だけじゃなかった。ぼくより小さかった骨っこガリガリの体がどんどん膨らみ、それはある動物によく似た姿になった。

白と黒できれいに色分けされた体。

パンダだ。

「ガリガリ……プニ、プニョ、プニョ、プニョ」

「あーっ」

小雪ちゃんが大きな口を開いた。

「大きいプニョプニョになった」

そう。

それはジョン君の想像の世界にいた宇宙のヒーロー、プニョプーニョそっくりだった。

「プニョ、プニョプーニョ」

　プニョプーニョになった骨っこガリガリが、また何か言い、パンダそっくりの目からポロポロと涙をこぼした。涙とは反対に、顔はうれしそうに笑っている。その骨っこガリガリに、エミリが抱きついた。

「良かったねーっ！」

「プニョプニョ、プニョプニョ」

「うんうん！　そうだね。良かった良かった……」

　大喜びで抱き合ってるエミリと、骨っこ……いや、プニョプーニョ。

　何が起こったのか分からず、ぼくはぽかんとするばかりだった。


　夜の町の空気はしんと静まり返っていた。

　開いた窓の向こう、ジョン君の部屋の中で、プニョプーニョとジョン君が手をつないで眠ってる。

　ぼくたちは隣の家の屋根の上から、それを見ていた。

「骨っこガリガリはね、一日だけの友達じゃなくて、ずっと一緒の友達になったの」

　ぼくの横で、エミリがうれしそうに説明してくれた。

「こんなこと滅多にないんだから」

「今夜はお祝いだね」

小雪ちゃんがうなずき、エミリは服のポケットから平べったいパックを取り出した。

「この宇宙食でね」

「おいしいのかな？」

ぼくはジョン君の部屋にいるプニョプーニョとジョン君に目をやった。

どっちも幸せそうな寝顔だ。

ずっと一緒の友達……つまり、骨っこガリガリとジョン君は、ぼくとアマンダみたいな友達になったってことなんだろうか。

だとしたら、骨っこガリガリはもう図書館に帰らない。帰らなくても消えない。ジョン君の見えない友達、プニョプーニョになって、これからずっと、ジョン君と一緒に想像の世界を冒険する。

ジョン君がプニョプーニョのことを忘れて大人になってしまう、その日までずっと。

「ねえ、エミリ。エミリもなの？」

ぼくは眠ってるジョン君とプニョプーニョの姿から目を離さないまま、エミリにたずねた。

「エミリも人間の友達に……」

続くぼくの言葉は、エミリに先回りされた。

「忘れられた？　ま、そんなもんかな」

さばさばした言い方でエミリは答えた。

ぼくはエミリの方を振り向いた。

「エミリはさ。その友達のこと、忘れられた？」

一瞬、エミリが軽く顎を引いたみたいだった。ぼくの顔をまっすぐ見て、二度、三度とまばたきする。

そうしてから、エミリはほんのちょっと笑うと、目をそらし、

「そうね。もう、ずいぶん前のことだから」

その答えは、イエスとも受け取れるし、ノーとも受け取れそうだった。

ぼくはそれ以上聞かず、また前を向いた。今度はジョン君の部屋じゃなく、夜空に浮かぶ星に目をやる。アマンダの想像の中じゃ、トランプの王子様とテントウムシが住んでた星。

「ぼくね。アマンダの想像が大好きだった。アマンダが部屋に入ってくるとさ、いろんなものが動き出すんだ。命を吹きこまれて、想像で色が塗られてさ。全部が素敵で、完璧になる……。電気スタンドは南の島の木になって、タンスは海賊の宝でいっぱいで。眠ってる猫は、チクタク爆弾になったりして。アマンダの頭の中は、世界がキラキラしてて、ぼくも一緒にキラキラした……」

その全部を、ぼくは今でも思い出せる。

アマンダと一緒に冒険したこと。笑って、わくわくして、ドキドキしたこと。

「ぼく、アマンダに生きていてほしい……」

今度は頭の中に、あの事故の瞬間が浮かんだ。

本当は思い出したくなんかないことだ。

アマンダとお別れするなんて、ぼくには考えられない。

考えたくない。

でも、やっぱり、あれは本当にあったことなんだ。

だから、

「会えなくてもいいから……生きていてほしい」

つぶやいて、ぼくは下を向く。

すると、そばでゴソゴソという音がした。

「!?」

急に何かがぼくの首にかけられた。

ゴーグルだった。

エミリのゴーグル。

首を回して横を見ると、そこにエミリの笑顔があった。さっきとは全然違う満面の笑みだけど、目にはちょっとだけ照れたみたいな表情も浮かんでる。まるで、ぼくにゴーグルをかけたことが「らしくなかったかな」とでも言ってるみたいに。そうして、エミリはうんと一度うなずいてから、ぼくの肩を抱き寄せた。

「ラッジなら、またいつかアマンダみたいな最高の友達に出会えるよ」

「あん、小雪ちゃんが先」

小雪ちゃんが屋根の上で足踏みしてみせた。見た目が大きなカバだから、屋根を踏み抜いてしまうんじゃないかって心配になる。もちろん、イマジナリにそんなことは起こらないんだろうけど。

「先に友達、見つけるもん」

「ふふ、そうね。小雪ちゃんが先かもね」

おかしそうにまた笑ってから、エミリは頭の上を見上げた。

「ラッジが失敗したおかげで、久しぶりに本物の空を見たよ」

空にはあいかわらず星がキラキラとまたたいていた。

「さあ、そろそろ帰るよ」

※

屋根から屋根へ。

そして、雨どいを伝って地面へ。

「正しい場所で、正しい扉。正しい場所で、正しい扉」

スキップしながら前を行く小雪ちゃんが、楽しげに繰り返してる。そういえば、ジンザンも同じ言葉を言ってたなあ。図書館に戻るには、また、あの路地にある不思議な扉まで行かなきゃいけないんだろうか。

家と家に挟まれた道は結構狭くて、小雪ちゃんはスキップするたびに、横の壁に自分の体をぶつけていた。ただ、ぶつかっても痛くないみたい。もちろん壁の方も壊れたりしない。

そうやってぼくらは表の通りに出た。

この辺りは道が街灯で照らされている。

エミリと小雪ちゃんが通りを右に曲がり、ぼくもあとに続こうとした。

でも、その時だった。

――カンッ。

耳障りな音は、左側から聞こえた。

そんなに大きくもないのに、頭の奥をこすられるような、嫌な音。

立ち止まって、ぼくは音のした方に目をやる。そして、ハッとした。

そこは、ついさっきまでぼくたちがいたジョン君の家の前だった。

夜のせいか、通りを歩く人の姿はほとんどなかった。車もあんまり走っていない。だけど、歩道にぽつんと、誰かが立っている。

――カンッ。

また音が聞こえた。

傘の先が地面を叩いた音だった。派手なアロハシャツ。濃い口髭。そして、雨でもないのに持ってる傘。

バンティング!?

なんで、こんなところに！

声をあげそうになったところで、ぼくは気づいた。

歩道に立ったバンティングは、離れたところにいるぼくたちに気づいていなかった。

その目はジョン君の家をじっと見てる。

——待って。

今、あそこにはジョン君の友達になったばかりの骨っこガリガリ……じゃなかった。

プニョプーニョがいるんだよ。

図書館のイマジナリたちが言ってた。

バンティングはイマジナリの匂いをかぎつけて、先回りするんだって。

まさか、あいつ、プニョプーニョを——。

「エミリ」

ぼくは先に行こうとしていたエミリを呼び止めた。

「もしも……もしもだよ。友達に忘れられるんじゃなくて、ぼくたちが食べられたりしたら？」

「また、その話？」

振り返ったエミリがあきれ顔になった。

「だから……」

ぼくは先を言わせなかった。

「ねえ！　食べられたら、人間の友達はどうなっちゃう⁉」

ぼくの勢いに驚いたのか、エミリはちょっとだけ体をのけぞらせた。そして、少しためらいがちに、

「心が……死んじゃうんじゃない？　ぽっかり穴があいて」

「！」

ぼくはもう一度、道の先にいるバンティングを見た。バンティングは動いてなかった。やっぱりジョン君の家を見てる。

「エミリ」

ぼくはまたエミリに声をかけた。

「ぼくを信じて」

言うなり、その場から駆け出した。

「なに⁉　ラッジ、何なのっ」

「ぜったい帰るからっ」

足を止めないまま、エミリに言い返す。

「エミリー、バスだよ。バスが来た」

そんな風にエミリのことを呼ぶ小雪ちゃんの声が、ぼくの後ろで遠ざかっていった。

歩道じゃなく、車道の方を走った。

坂になった道を駆け上がる。

そして、見たくもないその姿が近づいたところで、ぼくは叫んだ。

「バンティング！」

すると、ジョン君の家を眺めていたバンティングがこっちを振り向いた。

眼鏡をかけた顔がにんまりと笑う。

「ああ、これだこれだ。この香りだよ」

ひどくうれしそうに言うと、バンティングは鼻をひくつかせた。

「うーん、実に懐かしい香りだ。消えてなかったんだね」

ぼくと同じように、バンティングも車道に出てきた。

あんまり近づいちゃいけない。近づきすぎると、あいつの口に吸いこまれちゃう。

ぼくはバンティングの手の届かないところで立ち止まった。

少し膝(ひざ)を曲げて身構えながら、バンティングのことをにらみつける。とにかく、こいつとあの黒い女の子をジョン君の家から引き離さないと――って、待った。

あの女の子はどこ？

バンティングがますます楽しげに笑って、話しかけてきた。

「どうやって生き延びたんだい？　あのお嬢ちゃんは生きているということかい？　い

や、違うようだ。少し香りが変わったね、ロジャー君」

カラスを前にしたツバメみたいに、目一杯、警戒していたぼくだけど、この言葉には一瞬、心を乱されそうになった。

両方のこぶしを握りしめて、

「お前だ。お前のせいで」

バンティングがまた、ねちっこい笑みを浮かべてみせた。一歩、二歩と近づいてきて、

「私は何もしていない。キミのせいだ。キミが逃げたから、お嬢ちゃんは事故にあった。違うかい？」

「違う！」

後ずさりしながらぼくは叫んだ。

「違うことはない。キミから見たか、私から見たか。どちらから見たか、ということだよ」

そんなことを口にするバンティングの足元で、何か黒い煙みたいなものが渦を巻いていた。

「みんな、見たいものを見ているんだ。見えてないものは結局、見たくもないものということだよ。分かるかい？」

その言葉には、ぼくをからめとってしまうような粘つきがあった。いや、こいつの言葉はいつだってそうだ。ジンザンも難しいことを言うけれど、ジンザンとは全然違う。

ジンザンの言葉は分かりにくいけど、どこか温かい。ネバネバしたものはくっついてない。でも、こいつの言葉はネバネバそのものだ。

バンティングが持っていた傘の先をぼくに向けた。

「ロジャー君。残念だが、キミは誰からも見えない。声も聞こえない。つまりね、キミのことを誰も見たいと思ってないからだよ」

「…………」

「それでもまだ、ここにいたいかい？　キミの流す涙さえ誰も見ないこの世界に」

バンティングのその言葉に反応したみたいに、足元の黒い煙が何かの形を作り始めた。シュルシュルと蛇の這うような嫌な音がして、それはあっという間にあの黒い女の子になる。

ぼくの背中を冷たいものが滑り落ちた。

ただ、同時にぼくはバンティングの言葉のネバネバを払いのけることができた。だって、バンティングがひどく見当違いなことを口にしたからだ。

涙だって？

「違うよ、バンティング」

ぼくは言い放った。

バンティングが大きく口を開けた。あの時と同じだ。ぼくを飲みこもうとする、歯だらけの口。そして、何か言う。

「アガガガッ……？」

開きっぱなしの口でまともにしゃべれるわけがない。でも、どんな言葉を言ってるのかは、ぼくにも何となく分かった。どうせ「何が違うんだい？」とでも聞いてるんだろう。

ぼくは両足に力をこめ、

「涙は流れない。ぼくは泣かないんだ」

言うと同時に、ぼくは横に飛んだ。

そこへ、「ブロロン」というエンジン音が通りかかった。道路を照らすライトの明かり。バスだ。バスがぼくの後ろからやってきたんだ。これにはバンティングも驚いたらしい。口を閉じて、あわててバスの進行方向からどく。

歩道に転がったぼくはすぐに起き上がった。その時、通りすぎていくバスの窓に二つの顔が見えた。エミリと小雪ちゃん。バスに乗って図書館に帰ろうとしてたんだろう。

起き上がったぼくは歩道を走りだした。

逃げるためでもあるけど、バンティングを誘って、ジョン君の家から引き離すためでもある。さっきのあいつの態度からすれば、絶対ぼくの方を追ってくるはずだ。

「ガハハハハッ！」

通りに響き渡るバンティングの高笑い。

走りながら振り返ってみると、バンティングと、そして、あの黒い女の子の目は、間違いなくぼくへ向けられていた。

※

どこをどう走ったのか、全然覚えてない。

ただ、必死で逃げ回っているうちに、いつの間にかぼくはその場所にたどりついていた。

町の中心じゃないけれど、それでもたくさんの家が立ち並んでいる場所。

走りながら後ろを振り返ってみる。バンティングとあの女の子の姿は見えなかった。

でも、きっとあきらめてない。追ってきてる。

交差点を渡ろうとしたところで、ぼくはあわてて立ち止まった。車が横から近づいてきたからだ。丸っこい車。ただ、その車を見た時、ぼくは大きく目を開いた。

見覚えのある車だった。

ちらっと見えた運転席に乗っていた人の顔も知っている。

あれは、ゴールディの「かれし」だ。

車は交差点を通りすぎて、ぼくから遠ざかっていく。

ぼくはすぐに車のあとを追った。

気づいたからだった。

──そうか。

この辺りって、アマンダの家、シャッフルアップ書店のすぐ近くだ！

息を切らして走り続けていたら、街灯に照らされたシャッフルアップ書店の建物が見えてきた。いや、お店はあの日、閉店しちゃったんだから、元シャッフルアップ書店って言わなきゃいけないんだろうか。

お店の前にゴールディの「かれし」の車が停まってる。

そして、お店の前で女の人が二人、抱き合って話をしていた。

あれはゴールディと……ママだ！

「ゴールディ、ありがとう」

「また連絡してね」

そう言ってママから体を離したゴールディの目に、涙が浮かんでいた。

ママの方は泣いたりしていなかった。でも、その顔は絶対にいつものママじゃない。

それだけはぼくにだって分かる。

ママから離れたゴールディが「かれし」の車に乗って帰っていく。

道の先で二人の車が見えなくなると、見送っていたママがうつむいた。

そうして、ママはドアを開けてお店の中に入った。

ぼくも走って、ママが開けたドアの内側に体を滑りこませた。なんとか間に合ったけど、勢いをつけすぎたせいで、お店の床の上で転びそうになった。

「はあ……はあ……」

荒く息をするぼくの横をママが通り過ぎる。

間近で見たママは、ぼくが今まで見たことがないくらい、疲れきった顔をしていた。

「ママ……」

足を引きずるようにして二階へ向かうママのあとを、ぼくは追う。

そこで気づいた。

二階のリビングに明かりがついていて、誰かいる。

その誰かは、ママが開いたドアから中に入ると、優しく声をかけた。

「もういいから、少し休んだら？」

あ、この声。

ぼくも知ってる。

アマンダのおばあちゃん、つまりママのママ。

ダウンビートおばあちゃんだ。

間奏　エリザベス・シャッフルアップ

※

当たり前のことに甘えていた。

今となっては、そんな気がしないでもない。

※

「もういいから、少し休んだら？」

母に言われた時、一瞬、リジーは足を止めそうになった。

急を聞いて駆けつけてくれた母はリビングのソファに腰かけ、膝の上で猫のオーブンを抱いていた。

その穏やかな眼差しを見返してから、リジーはかぶりを振ってみせた。

「私は大丈夫よ」

キッチンへ向かい、リジーはティーポットを手に取った。

母は丸くなったオーブンの背を撫でながら、

「一緒に病院に泊まったりできないもんかしらね」

「できないみたい」

ポットを持ってリビングに入ったリジーは、自分のカップにではなく、母のカップに紅茶をそそいだ。

母はリジーのことをやはり温かみのある目で見ていた。そして、特に力をこめるでもなく、ごく自然にこう言った。

「目を覚ましたら、いっぱい抱きしめてあげるといいよ。大丈夫。あの子は絶対、目を覚まします。絶対に」

その言葉を聞いたのは、本当はリジーだけではない。彼女たちのすぐ近くにいた少年も同じ言葉を聞いていた。そして、少年は最初、驚きで目を見張り、続けて喜びで瞳を輝かせた。

そう。

アマンダは生きている。

とはいえ、少年が思うほど、楽観できるような状況でもない。

アマンダが運びこまれた病院の救急医は、リジーを絶望させるような話はしなかったが、かといって、必要以上に希望を抱かせる言葉も口にしなかった。体の怪我はそこまで深刻ではない。ただ、頭を強く打ったアマンダは目を覚まさなかった。意識不明の重体――それが嘘偽りのない、今のアマンダの状態だ。正直なところを言えば、この瞬間、リジーは電話が怖かった。突然、病院からかかってくるかもしれない電話。それは喜びの羽根をまとった吉報の可能性も無論あるが、リジーをどん底に叩き落とす凶報である可能性も十分ある。

「……アマンダね」

沈黙を挟んでから、リジーは口を開いた。

「私に向かって走ってきたの。私を見つけて何か言おうとしてた。私に抱きつこうとしてたみたい」

「リジー」

と、母がその先の言葉を遮るように、リジーの名を呼んだ。

「自分のせいだなんて思っちゃだめよ」

「………」

リジーはそれに応えなかった。ほとんど母の声が耳に入っていなかったからだ。

「リジー、大丈夫かい？」

再度呼ばれて、リジーはハッとしたようにまばたきした。

「ごめん、お母さん。明日、病院に持っていくもの、用意しちゃうわ」

表面的な言葉の裏に、別の気持ちがこめられていた。一人にさせてほしいという気持ち。

くみとってくれない母ではない。

「そうね、そうおし」

と、母は優しくうなずいてみせた。

※

そうだ。

親だからといって、子どもの考えていることが何もかも分かるわけではない。

子どもには子どもなりの世界がある。大人にいちいち説明したりしない、自分だけの世界。

だから、たとえ親であっても、わが子の全てを理解できないのは、当たり前のことだった。当たり前の、そう、どうしようもないこと。

……しかし。

分からないことと、分かろうともしなかったことはまた別なのだ。

※

リビングから廊下に出てアマンダの部屋に向かおうとした時、リジーはふと気づいた。

廊下に何か転がっている。

きらきらと輝くガラスの玉。

アマンダのビー玉だった。

「………」

拾い上げたビー玉を沈黙と共に見つめてから、リジーは二階にあるアマンダの部屋ではなく、屋根裏部屋へ上がっていった。

電気をつけると、散らかったままの屋根裏部屋がリジーの瞳に映った。ここはリジーから見れば、アマンダの秘密基地のような場所だった。二階にあるアマンダの部屋は、アマンダが寝起きする部屋。だが、屋根裏はアマンダが遊ぶ基地。ここにこもって、ラジャーという見えない友達と遊んでいる時のアマンダは、リジーから見ても何を考えているのか、よく分からなくなる。

横倒しになっていた箱のソリを部屋の隅まで運んで片付けると、リジーは部屋の空気を入れ替えるために窓を開けた。

窓のすぐ下にある棚の上には、星形の缶が置きっぱなしになっていた。アマンダの宝箱だ。表に紙が貼ってあって、紙にはこう書かれている。

『ラジャーへ。この箱は決して開けてはならない。アマンダより』

リジーはほんの少し、顔をほころばせた。

「私はラジャーじゃありません」

そう言うと、リジーは缶の蓋を開け、廊下で拾ったビー玉を中に収めた。ただ、その時、缶の中にあった一枚の写真が目にとまった。それは、アマンダが生前のリジーの夫、つまり父親と撮った写真だった。写真の中で二人とも楽しそうに笑っている。

数秒、息を止めていたリジーは、やがて大きく息をついた。

重いため息でもあった。そのため息と共にリジーは缶の蓋を閉じる。

そうして、リジーは屋根裏部屋を後にしようとしたが、そこで、部屋の入り口近くに置かれていたクローゼットに目が向いた。扉が開きっぱなしだったクローゼットの中には、本来あるべきでないものが吊るされていた。

傘だ。

アマンダの傘。

実を言うと、これもリジーにとっては、よく分からないアマンダの癖だった。アマンダはなぜか、日ごろから傘を一階の傘立てに入れたがらない。リジーが何度言い聞かせても、屋根裏部屋まで持って上がって、クローゼットの中に仕舞ってしまう。

ただ、リジーは今、ふと思い出した。

クローゼットの中の傘に手を伸ばし、その場で開いてみる。傘の柄には傷がついていた。結構古い傘なのだ。骨も一本、折れている。しかし、それでもアマンダはリジーに新しい傘をねだらなかった。

きっと、それは、

「そうね……これもあなたの大好きなパパが買ってくれたんだった」

開いた傘をリジーはその場でくるりと回して天井に掲げた。白い雲の模様が入った傘の裏地。そこに、アマンダが自分で落書きしたらしい絵が描き加えられていた。雲の上にいるパパと、そして、そのパパが見守る虹(にじ)の下で手をつないでいるリジーとアマンダ。

――いや。

描き加えられていたのは絵だけではなかった。

「！」

リジーがさらに傘を回すと、アマンダの字で書かれた三つの言葉が目に飛びこんできた。

『パパを忘れないこと』

『ママを守ること』

『ぜったい泣かないこと』

そんな三つの誓い。

リジーの唇が震える。

「う……」

こらえようとしてもこらえきれない嗚咽(おえつ)が洩(も)れたのは、その時だった。

あふれる涙のせいで、アマンダの書いた三つの誓いが、リジーの視界の中でぼやけてしまう。

「うぅ……」

口元を押さえ、その場に泣き崩れるリジーの姿を見ていたのは、リジーには感じられない一人の少年だけだった。

……そうして、洪水が治まった後、箱舟に乗っていた善良な人に向かって、神様はもう二度と洪水で生き物を滅ぼすことはしないと約束し、さらにこう言いました。
「わたしは雲の中にわたしの虹を置く。これは、わたしと大地の間に立てた約束のしるしとなる」

（旧約聖書　創世記より）

間奏　アマンダ・シャッフルアップ

※

雨がやんだら、空が晴れ、きれいな虹がかかるように。
涙を流しきった後は、笑顔にならなきゃいけない。
神様はもう大洪水を起こしたりしないと約束した。
約束の虹。
だから、同じように心に虹をかける。
ぜったいに泣かないこと。
そんな約束の虹を。

※

「そっちはどう？　もう慣れた？　え？　そっちでも本屋さんやんの？」

薄暗い屋根裏部屋の中で、少女は一人、お気に入りの傘を開き、話を続けている。

「いいと思う。難しい本もいいけど、楽しい本もちゃんと置くんだよ。そしたら、大人気になるから」

少女が話しかけている相手は、そこにはいない。

永遠にいない。

実のところ、ほんの少し前まで、少女はそのことを実感していなかった。

――パパは神様の国に行ったんだよ。

周りの大人たちに言われても、少女はその意味をはっきりと理解できなかった。人の死を見たことなどなかったし、それが身近でもなかった。幼すぎたのだ。

だが、ある時、少女はふと気づいた。

神様の国に行った人と会うことはもうないんだ、と。

「ママ？　うーん、ママは夜中にビール飲んで泣いてた。そ、グリーンラガー。でも、ママのことはわたしがちゃんと守るから。わたし？　わたしは大丈夫。さびしいけど、泣いてない。だって、泣いてたら、パパ、心配でしょ？……パパさ」

そこで初めて、少女の声が震えた。

「お友達、たくさん作るんだよ……それで……たまにはさ、時々はさ……」

手に持っていた傘が床に転がる。

「お手紙……ちょうだい……」

胸に一枚の写真を抱き、少女はしゃくりあげた。

「パパ……なんで死んじゃったの……」

あふれる涙。

その一滴一滴に、思い出は確かに映っている。

本が大好きで、本ばかり読んでいて、そのことで少女や母に叱られることもあった父。

楽しい絵本を読んでもらったこと。一緒に家の煙突の修理をしたこと。本に書いてあった化石を探しに行ったこと。

母と三人で海へ遊びに行ったこと――。

涙の中に思い出を見つけ、見つけたそれを少女はまた強く自分の胸に焼きつける。

そして、三つの言葉を口にした。

「パパを忘れないこと……」

少女の思い出の中で、温かな笑みを浮かべ、少女を見つめている父。

だが、たとえ思い出の中であっても、父がこちらに近づいてきて、その大きな手で少女を抱き上げてくれることはもうない。

「ママを守ること……」

父の隣にいる母。

母は笑って少女のそばに歩み寄ってきてくれた。

「それから……」

泣きはらした顔を少女は上げる。

「絶対、泣かないこと……」

まぶたを強く閉じ、流れ出ていた涙を必死にこらえると、少女は濡れた頬を手でぬぐった。

そこにはもう泣き顔はなかった。

強がりかもしれない。感情を抑えつけただけだったのかもしれない。

それでも、少女は微笑み、涙を振り払う。

すると、ぬぐった手からこぼれた涙が、輝くような光の粒に変わった。

光の粒は宙に浮かび、集まり、一つの形を作る。

少女と同い年くらいの少年の姿になる。

そして、少女はその名を初めて口にしたのだ。

ラジャー、と。

第六章　ぼくたちの戦い

1

そうだ。

そうだった。

「あの日、ぼくが生まれた――」

ジンザンは、ぼくがアマンダの答えだ、って言っていた。

ぼくがイマジナリの役目を果たした、とも。

正直に言うと、ぼくにはその言葉の意味がいまだによく分からない。ただ、少し分かったこともある。

イマジナリは子どもたちと想像の中で楽しく遊ぶもの。でも、ぼくの中にあるのは、楽しさだけじゃない。アマンダの悲しさや苦しさだって詰めこまれてる。あの日、アマンダがあふれさせた心の全部が、ぼくっていうイマジナリを作ってる。

そうやって、ぼくとアマンダは大事な気持ちを分け合ってる――。

屋根裏部屋のクローゼットのそばで、ママがしゃがみこんだまま、まだ泣いていた。

ぼくはゆっくりとママに近づいた。

ママは泣きながらつぶやいている。

「パパ……」

誰のことを言ってるのかは、ぼくにだって分かった。

神様の国にいるアマンダのパパに、ママは呼びかけてるんだ。

「パパ、お願い……お願いします」

「ママ……」

「アマンダを……あの子を守って……」

ママの目からぽろぽろとこぼれ、床に落ちていく涙。

ママの前で膝(ひざ)をついたぼくは、その涙をすくおうと手を伸ばした。もちろん無理な話だった。ママの涙はぼくの手をすり抜けていく。いいや、それだけじゃない。長いこと図書館の外にいたせいか、ぼくの手はまた透け始めていた。

何も……できない。

ぼくは唇を噛(か)んで、立ち上がった。

けど、その時だった。

「！」

後ろから、氷のように冷たい誰かの手が伸び、ぼくの首をつかんだ。

※

「くっ……」

屋根裏部屋の窓から、ぼくは外へ飛び出した。

ママが開けた窓から忍びこんできたのは、バンティングが連れていたあの黒い女の子だった。そして、そばにいるママのことなんかお構いなしに、ぼくに襲いかかってきたんだ。……いや、そうか。ママはぼくのことが見えない。この子にとっては、ぼくが見えるアマンダがいない時なら、誰の前でぼくを襲ったところで気づかれやしない。

窓を飛び出したぼくは必死に女の子から逃げ、シャッフルアップ書店の屋根の上をごろごろ転がった。そのまま屋根から下の駐車場に落ちる。駐車場にママの車が停まっていたのは、ほんのちょっとだけラッキーだった。先に車の上に落ちたせいで、車がクッションになってくれたからだ。

「っ……！」

怪我はしなかったけれど、地面に膝をついたぼくの体からは光の粒がぽつぽつと立ち昇っていた。これは襲われたせいじゃない。図書館の外に出ていられる時間が終わりかけてるんだ。

カンッ、という嫌な音が聞こえた。

傘の先が地面を叩く、あの音。

「なるほど、キミが格別な理由が分かったよ」

バンティングが駐車場の中でぼくのことを待ち構えていた。

「キミには隠し味が効いている。強い悲しみのスパイスがね」

楽しげに言って、バンティングは一歩、ぼくに近寄った。

「ならば、なおのこと私に食べられるべきじゃないかね？　キミが消えれば、お嬢ちゃんの悲しみは消えるんだから。違うかい？　ロジャー君」

立ち上がったぼくは、すぐにバンティングの前から逃げだそうとした。

でも、できなかった。

音もなく、ぼくの後ろに降りてきた黒い影。

あの女の子だ。

最悪の挟み撃ち。逃げ場がない。

エミリからもらったゴーグルを首から下げたままだったぼくは、動くこともできず、前と後ろ、二つの影を見比べた。

「キミたちはどうせ消えていく」

薄笑いを浮かべたバンティングが、また一歩、前に出た。

「私にここで食べられるのと、いったい何が違うと言うんだい？」

あの女の子がふっと腰を沈めた。

獲物に飛びかかるヒョウみたいにためを作った女の子は次の瞬間、おどりあがって、ぼくに覆いかぶさってくる。けど、その時だ。

突然、何かの影が今にもぼくに襲いかかろうとしていた女の子に横から突進した。

「！」

さすがにこれは予想してなかったのか、女の子が吹っ飛んだ。駐車場に停まっていたママの車に叩きつけられる。

女の子に体当たりしたのは、こっちも女の子だった。ただ、トレードマークのゴーグルはぼくが持ってるから、頭にはめてない。

「エミリ！」

名前を呼ぶと、振り返ったエミリは、言葉より行動が先だと言わんばかりに、ぼくの手をつかんで走り出した。

「なっ⁉……うぐぐぐぐっ！」

後ろで、バンティングが怒りの声をあげている。

「あいつがバンティングなんだっ」

「分かってる！」

エミリの体からも、ぼくと同じように光の粒が立ち昇っていた。

全力で走るのは今日、何度目だろう。

ぼくたちは夜の町を必死で逃げ回った。

途中、誰もいないアーケード街の前を通りかかると、迷わず中に飛びこむ。こんな時間だ。立ち並ぶお店は全部シャッターが閉じていた。

人の姿がないその場所で、ぼくは足を止めないまま、隣を行くエミリに向かって叫んだ。

「エミリ、生きてたんだ！」

「なに？」

こんな時に——とでも言いたげに、走りながらエミリは横目でぼくを見た。

ぼくは言葉を付け足した。

「アマンダが生きてるんだ！」

「えっ？」

「アマンダは、アマンダは病院で生きてる！」

エミリが目を見開いた。ただ、立ち止まることはしなかった。前に向き直り、足の回転をさらに上げると、

「とにかく、逃げるよっ」

ママやダウンビートおばあちゃんが話してたことを思えば、生きてても、アマンダがすごく危ない状態だってことはぼくにも分かる。でも、今は確かにエミリの言う通り、ぼくがバンティングから逃げるのが先。

静まり返ったアーケード街を、ぼくたちは走り続ける。

すると、横から聞き覚えのある別の声が呼びかけてきた。

「仕事が終わったら、早く帰ることだ！」

「ジンザン！」

「小雪ちゃんは!?」

「泣きながら留守番してる。早く帰ってきて、とさ」

その答えを聞いたエミリの顔に一瞬安心したような表情が浮かんだ。けど、すぐにエミリは表情を引き締めて、

「帰るよ！　みんなで」

アーケード街を抜けると、ぼくたちは裏道に入った。

先頭を行くのはジンザンだった。

入り組んだ路地を右に曲がり、左に曲がり、そのうち、どこを走っているのかも分からなくなってきたところで、ジンザンがやっと止まった。そこはビルの解体現場のすぐ近くだった。ぼくたちの前に、半分崩れかけたレンガ塀がある。

息を整えながら、ぼくは辺りを見回した。

「ジンザン、ここ？」

最初にぼくが図書館へ行った時、扉があったのはこんな場所じゃなかったような気もするんだけど。

いや、でも、あんな不思議な扉なんだから、正しい場所が一つとは限らないか。そもそも、あの扉は「あそこにあった」っていうより、「あそこに現れた」ようにも見えたし。

「そのはずなんだが」

ジンザンはレンガ塀を見上げていた。

「扉は？」

エミリのその言葉とほとんど同時に、周りが突然暗くなった。

街灯の明かりが消えたんだ。

「……真っ暗だよ、ジンザン」

後ずさりしながら、ぼくが口にした時、

「本当かい？　私には太陽が輝いているように見える」

カンッ、という傘の先が地面を叩く音がした。

ハッとして振り向くと、暗闇の中から足音が近づいてきた。

街灯が今度は点いたり消えたりしていた。楽しげな鼻歌が聞こえる。

歌の中心に影が二つあった。アロハシャツを着たおじさんと黒い女の子。

「バンティング……」

かすれ声で言うぼくの前にエミリが出て、ジンザンにたずねた。

「ジンザン、まだなの？」

「妙だ。何かがおかしい」

鼻歌が止まった。

そして、

「そこの女の子と猫には興味がないんだ。あいにく、私はフレッシュなものしか受け付けない」

「ジンザン！」

エミリがバンティングの言葉を無視して、鋭い声をあげた。

ジンザンの前にあるレンガ塀に隙間が生まれていた。あの時と同じだった。ぼくが初めて図書館に入った時。——そうだ。あの時は、前にある壁と、隙間の奥にある扉、二つの景色が重なるようにして、最後には図書館へ繋がる扉になった。まるで、違う景色が組み合わさることで、先へ続く道が見えるようになったみたいに。

だけど、今はそうならなかった。

レンガ塀に一度は生まれたはずの隙間の中から、別のレンガが現れて、結局、隙間は閉じてしまう。

バンティングがまた言った。

「消えかけのイマジナリは、実に素晴らしい芳香を放つ」

傘を持ったバンティングの横から、あの黒い女の子がすっと前に出てきた。

「ロジャー君」

バンティングの目はジンザンやエミリじゃなく、ぼくだけを見ていた。

「キミを食べる前に大切なことを教えておこう。キミたちは想像されたんだ。だが、私は逆だ」

逆？

「分かるかい？　私は想像する側なんだよ」

バンティングが言い終えた瞬間だった。

世界が生まれた。

2

最初に見えたのは、緑でいっぱいの畑だった。

ただ、ぼくから見て、畑の左半分ではザーザー雨が降っていて、右半分は空がカラッと晴れている。

まるでアマンダが想像した世界みたい――。

と思ったら、また景色が変わった。

今度は切り立った山。

続けて、煙突からモクモクと煙が上がっている工場。最初の畑と比べると、なんだか見えるもの全部が暗い。けれど、それもまた一瞬で消え、ぼくたちの周りは機械が並ぶ工場の中になったりする。

「いいかい？」

バンティングが口を開いた。その間もどんどん景色は切り替わっていく。工場は灰色のビルが立ち並ぶ街になったり、街は飛行機が飛ぶ空になったり。しかも、だんだん不吉なものが増えている。空の下にある山は火事になっていた。木も動物も灰にしてしまう恐ろしい山火事。ごうごうと燃える炎に照らされて空を飛んでいるのは、人を殺すための戦闘機だ。鈍く光る黒い翼は、死体に集まってくるカラスの羽根みたいだった。見てるだけで、体がすっと冷たくなるような、そんな景色。

「私はキミたちの知らない世界を旅して、たくさんのことを見てきた。たくさんの現実を、たくさんの想像を見てきた。あらゆるところで、見えないやつらを食いながらね」

そのバンティングの言葉を聞き、ぼくはハッと思い直した。

——そうだ。

アマンダの想像する世界に似てるっていうのは、とんでもない間違いだ。

アマンダは自分の想像で世界を作る。他の人の想像を食べたりなんかしない。けど、こいつは他人の想像を、ぼくたちイマジナリを食べて、その食べた想像力で世界を作るんだ。

もしかして、さっきジンザンの前で図書館の扉が現れなかったのも、こいつの作った世界が邪魔したせいなんだろうか。そうやって、こいつはぼくたちイマジナリを、自分て？

の世界に閉じこめることさえできる？　これまで食べてきたイマジナリの想像力を使っ

そんなことって――。

怖くて、ぼくはろくに動くことさえできない。

でも、そんなぼくの耳にエミリがささやいた。

「……ラッジ。ラッジ、聞いてる？」

同時にバンティングの高笑いが響き渡り、辺りが草の一本も生えていない世界に変わった。どこまでも続く、砂と石ころだけの地面。その真ん中に、ぼくたちがいる路地がぽつんと浮かんでる。

エミリがまた口を開いた。

「あたしの友達は生まれてからずっと病院にいたの。あたしは忘れられたんじゃない。あたしの友達は大人になる前に死んじゃった……」

バンティングの高笑いがやんだ。

その瞬間、バンティングの横にいたあの黒い女の子が、地面を蹴って一気にぼくへ迫ってきた。だけど、その子の前にエミリが立ちはだかった。激突する二人。黒い女の子がエミリの肩をつかみ、後ろにあったレンガ塀に背中を叩きつける。エミリは顔をゆがめながら、それでも叫んだ。

「忘れるのと奪われるのとは違うから！」

エミリが膝を立て、黒い女の子のお腹を蹴り飛ばした。これはさすがにたまらなかったのか、女の子がエミリから手を離した。エミリは逆にそんな女の子に飛びかかった。

女の子を押さえこみながら、

「ラッジはまだアマンダに会える」

「！」

そのエミリの言葉は確かに、ぼくの体を引っぱたいた。本当に殴られたわけじゃない。怖くてすくみ上がっていたぼくに、動けるだけの電流を流してくれたんだ。

エミリの下で暴れる女の子に、横からジンザンも飛びついた。

「少年、扉を探すんだ」

「扉……」

ぼくは周囲を見回した。

「どこを探せば――」

「そこいらじゅうだ。行け！」

「う、うんっ」

ぼくは路地の外に飛び出した。

「フフン」

バンティングが馬鹿にしたように鼻を鳴らして、そんなぼくを追ってくる。

バンティングから逃げながら、ぼくは辺りを走り回った。扉、扉、扉……けれど、呪文のように心の中で唱えるぼくの目の前で、突然、地面が割れた。地響きがして、地面の中から焼け焦げた建物が現れる。

それは火に包まれた街だった。ダンッ、ダダンッと辺りに響いているのは、銃の音。戦争だ。バンティングがまた作った、戦争に巻きこまれた街。大砲の弾が空を飛び、それが街に落ちるたびに家が吹き飛ぶ。ぼくは一歩も前に進めなくなってしまう。そこへ、背後からバンティングの足音が近づいてくる。

「ああっ……」

叫び声はエミリがあげたものだった。

振り返ってみると、エミリも路地の外に飛び出していた。ジンザンもだ。ただ、あの黒い女の子はいない。代わりに、たくさんの黒いコウモリがエミリにまとわりついて、襲いかかっていた。いや、きっとあのコウモリが黒い女の子だ。あの子はバンティングのイマジナリ。人間じゃない。別のものに形が変わっても全然不思議じゃない。

「逃げても意味はない」

こっちに近づいてくるバンティングの声が聞こえた。

「希望を探しても意味はない。キミたちは最後、たった一人で消えていく」

ぼくは耳をふさいだ。

小雪ちゃんやジンザンは言っていた。

正しい場所で、正しい扉。

そして、この場所にはジンザンが連れてきてくれた。つまり、ここが正しい場所なのは間違いないんだ。だから、扉は絶対にある。バンティングの作った世界に隠されているだけ。けど、どこに？

いや、待って。

だから、「どこに」って考える方がきっと間違いなんだ。ジンザンは、そこいらじゅうを探せって言ってた。最初にぼくが図書館に入った時、扉はそこにあったんじゃなく、そこに現れた。つまり、扉はこの場所のどこにでもある。現れていないだけ。前に扉の中に入った時のことを思い出せ。あの時、ぼくはジンザンに「しっかり前だけ見ろ」って言われて、その通りにした。なら、今もそうするしかない。

戦争で焼かれた目の前の街を、ぼくはじっと見る。そして、心の中に浮かんだその言葉を口にした。

「絶対、見つける。ぼくは行く」

そうだ。

こんなところで食べられたりなんかしない。

ぼくは扉を必ず見つけるんだ。見つけて、図書館に帰って、それから、

「アマンダのところに……！」

心の底からの願いを口にしたその時、光が見えた。壊された街の建物。組み合わさっていたブロックが離れるように、その建物が左右に割れた。あの時と同じだった。生ま

れた隙間の奥から、それが姿を現す。光があふれ出ている扉。

「エミリ！　ジンザン！」

「でかした、少年」

ジンザンがぼくのそばに駆け寄ってきた。エミリもだ。襲いかかるコウモリを両手ではねのけながら、こちらへ向かってくる。

だけど、そこに、

「まだ分からないのかい？」

エミリの向こうから、バンティングの声が聞こえた。でも、バンティングは結構離れてる。このままなら、ぼくだけじゃなくジンザンもエミリも逃げきれるはず――ぼくがそう思った時、

「ふむ、残念だよ」

エミリの後ろにいたバンティングが、左手の人差し指をエミリに向けた。まっすぐ伸ばした人差し指、それとは逆に立てた親指。

「これも単なる想像だ」

人差し指が狙う。

ぼくじゃない。

ぼくに向かって走るエミリを。

そして、

「ばん」

「っ！」

バンティングがそんな言葉を口にした瞬間、走るエミリの胸に穴があいた。

そして、ほとんど同時に、ぼくの頬も何かが鋭くかすめた。それは弾だった。バンティングの人差し指から発射された、目には見えない弾。耳鳴りがして、ぼくはよろけた。

そのぼくの目の前で、エミリの体がゆっくりと沈んでいった。エミリの体にあいた穴からまき散らされる、たくさんの光の粒。そのまま、ばったりとエミリは地面に倒れてしまう。

「エミリ！」

ぼくはエミリのそばに駆け寄った。

「キミたちイマジナリは何も変えることはできない」

見えない弾を撃ったバンティングがまだ何か言っていた。

「中に入れるんだ」

「しっかりエミリ！」

ジンザンに言われて、ぼくはエミリの体を必死に引っ張った。扉のところまでエミリを連れていく。でも、その間もエミリの体にあいた穴からは、光の粒がどんどん出ていってる。

「ラッジ……」

顔を上げたエミリが、かすれ声でぼくに話しかけてきた。

「そのゴーグルはね……あたしのホントの友達が……」

言葉の途中で、エミリの腕をつかんでいたぼくの手が突然すっぽ抜けた。

「想像、してくれたんだ……」

手が滑ったわけじゃない。

エミリの腕の感触そのものがなくなって、つかめなくなっちゃったんだ。

たくさんの光の粒が外に出てしまったエミリの体は、もうほとんど透けて見えなくなっていた。

消えちゃう……。

影が薄くなったエミリがゆっくりとまぶたを閉じる。

「起きろ、エミリ」

ジンザンの呼びかけに答えず、エミリはまた、

「ラッジ……」

「うん」

返事をするぼくに向かって、エミリはつぶやくように言った。

「アマンダに……よろしく、ね」

「分かってる。分かってるよ！」

今はそれより頑張って！

図書館へ続く扉はもう開いてるんだ。

あと一歩進めば、ぼくやジンザンだけじゃなく、エミリだって扉の中に入れる。

図書館に戻れば、たくさんの本の想像力があれば、こんな傷、すぐに治るはずだから。

「エミリ」

ジンザンがもう一度、エミリを呼んだ。だけどもう、エミリはそのジンザンにも、ぼくにも返事をしなかった。

……できなかったんだ。

エミリの体が形をなくした。溶けるように消え、体の全部が光の粒になってしまう。

そして、そのたくさんの光の粒に押されたように、開いていた扉が閉じ始めた。まるで、光の粒になったエミリが、ぼくやジンザンをバンティングから逃がすために、扉を閉じようとしているみたいだった。

「想像が決して勝てないものがあるんだ」

閉じる扉の向こうからバンティングの声が聞こえた。

「それはね、現実だ」

「エミリぃぃぃぃぃっ！」

ぼくもジンザンも、消えていくエミリの光の粒に向かって叫ぶことしかできない。

そして、そんなぼくたちの目の前で、扉はばたんと閉じた。

※

「………」

足がひどく重かった。

一歩一歩、前に進むたびに、体のどこかがきしんでいるような気さえしてくる。いや、きしんでるのは体じゃないのかもしれない。歩くのが辛い。だけど、それは疲れているせいなんかじゃない。

すりきれそうになってるのは、体じゃなくて心の方だ——。

道の先に、見たこともない変わった町があった。

立ち並ぶ、たくさんの家。屋根は黒っぽい瓦で覆われてる。町は海に浮かんでいるようにも見えた。陸地に近い小さな島が町になってる。

町がある小島と、ぼくたちのいる陸地は、石の橋で結ばれていた。

横を歩くジンザンと一緒に、ぼくが橋をとぼとぼ渡っていくと、前の方から見覚えのあるイマジナリがぼよんぼよんと跳ねながら近づいてきた。

「ラッジ！　ジンザーン」

小雪ちゃんだ……。

「お帰りぃ」

そばまでやってくると、小雪ちゃんはぼくのことを、その大きなお腹に埋めるようにして抱きかかえた。

「遅かったね。今日の町は長崎の出島だって」

ぼくは小雪ちゃんの言葉をほとんど聞いてなかった。

頭の中はエミリのことでいっぱいだった。

なんて説明したらいいのか、全然分からない。でも、ぼくたちの帰りを待っててくれた小雪ちゃんに言わないわけにもいかない。

顔をうずめていた小雪ちゃんのお腹から離れると、ぼくは小雪ちゃんを見上げた。

「小雪ちゃん。エミリが、エミリが消えちゃった……ぼくのせいで消えちゃった……」

小雪ちゃんが首をかしげた。

ぼくは、次の瞬間、小雪ちゃんが泣き出すんじゃないかと思い、下を向いた。

――だけど。

ぼくの予想は外れた。

うつむいたぼくの頭の上から、小雪ちゃんは不思議そうな声でたずねてきた。

「ラッジ、どうしたの？」

「あいつがエミリを消しちゃったんだ……」

「あいつ？　エミリ？　だーれ？　それ」

え……。

ぼくは弾かれたみたいに顔を上げた。

そこにはやっぱり、不思議そうな顔をした小雪ちゃんがいた。その目に涙なんか全然浮かんでない。

「ラッジの新しいお友達？　小雪ちゃんもお友達になれるかなあ」

新しいお友達、って……。

ぼくは言葉をなくした。

そこへ、今度はジンザンまで、こんなことをぼくにたずねてきた。

「どうした？　誰のことを言ってるんだ？」

「！」

「あいつって、バンティングにやられたのか？　誰かが？」

「ジンザン」

ぼくは声を震わせた。ほとんど無意識のことだった。

「さっき……さっき、ぼくらの目の前で――」

そこまでぼくが言うと、ジンザンも少しハッとしたように、左右で色の違う両目を大きくした。

「なんてことだ。その子はオレたちと親しかったのか？」

「なれるかなあ、お友達、なれるといいなあ。小雪ちゃん、きっとなれるお友達。一緒に遊ぼ、お友達」

弾んだ声で口ずさみながら、小雪ちゃんがぼくとジンザンのそばを離れていく。

お腹の底がさーっと冷えるのを、ぼくは感じた。

そうして、ぼくは自分の首にかかったままだったそれを手に取った。

エミリがかけてくれたゴーグル。

そうだ。

エミリは確かにいたんだ。ぼくを助けようとしてくれて、でも、バンティングに消されてしまった。

このゴーグルはそのエミリが間違いなくいたっていう証。

なのに――。

「どうした？　大丈夫か、少年」

ジンザンに聞かれたけれど、ぼくは何も答えず、その場から走り出した。

※

「いいや。知らんでござるよ、そんな異人の娘は」

「うむうむ」

卵の形をしたサムライエッグたちにたずねても。

「ここにはおらんな」

町で遊んでいる他のイマジナリたちに聞いても。
「というか、誰ですかな、その娘は」
答えはみんな一緒。
町中を走り回り、出会ったイマジナリたち全員にたずねて回り。
そして、ぼくはやっと、そのことを知った。
……思い知らされた。
ここにいるイマジナリはもう誰もエミリを覚えてない。
エミリっていうイマジナリがいたことさえ忘れてしまっている。
そう。
これが、消えるっていうこと。
そういうことなんだ……。

※

町があるその小島は、石垣と土塀で囲まれていた。
ゆうべがそうだったように、イマジナリたちはあちこちでお祭り騒ぎを繰り広げてる。
図書館から消えたエミリのことはすっかり忘れて。
ぼくはお祭り騒ぎには加わらず、海に近い階段に座りこみ、島の外に広がる海を眺めていた。

膝（ひざ）の上には、エミリがくれたゴーグルが置いてある。

エミリは消えても、このゴーグルは消えていなかった。ひょっとすると、ぼくが他のイマジナリと違ってエミリを忘れてないのは、このゴーグルを持ってるからなんだろうか。

ぼんやりとそんなことを考えていたら、不意にぼくの後ろで声がした。

「あの子はいい子だった」

少し驚いて振りかえってみると、そこに一匹の犬がいた。

「素直で明るくて、笑顔がとってもキュートでね」

長い毛はくたびれてて、かなり歳を取った犬。

思い出した。

昨日の夜、イマジナリたちのお祭りが終わった後、なぜかぼくのことをじっと見てたあの犬だ。

「君は……忘れてないの？」

ぼくがたずねると、犬はぼくの隣までやってきて答えた。

「何を言ってるんだ。おぼえてるとも。それで、あの子はどうなった？」

聞かれて、ぼくはうつむいた。

「消されちゃった。バンティングに」

「消されたとは、どういう意味だ？　そんなことが起こるわけがない。バンティングはイマジナリを襲うって話だ。私のリジーを襲うわけがない」

これにはまばたきしてから、ぼくはもう一度、犬を見た。犬もこっちを見ていた。

「君、誰の話をしてるの？」

「エリザベス・ダウンビート。私の友達のリジーの話さ」

え。

「リジー？　ぼくの友達のママもリジーっていうんだ」

それにダウンビートは、アマンダがおばあちゃんを呼ぶ時、頭にくっつける名前。

「間違いない。やっぱりそうだ。お前さんからリジーの懐かしい匂いがしたのでね」

犬がほんの少しうれしそうにつぶやき、尻尾を左右に振った。

「それで、あの子は今、幸せかい？」

「……え？」

「大人になって幸せになったのかい？」

「ママは……」

言いかけたところで、ぼくの胸に屋根裏部屋で泣いていたママの姿が浮かんだ。だけど、思い出したのはそれだけじゃない。ぼくが生まれてからずっと、アマンダと一緒に見てきたママの姿。

「ママは、幸せだと思う」

ぼくはまた海へ目を向けた。

イマジナリの町はゆうべと違って、夜じゃなく、まだ日が暮れる前の時間みたいだった。

空が夕焼けに染まってる。赤いお日様に照らされた海は穏やかで、白波は立ってない。

「仕事は大変そうだけど、それでもぼくたちを公園やプールに連れてってくれる。ママのクッキーも本当においしいよ」

「……それで、あの子は話してくれたことがあったかね？　私のことを」

「君のこと？」

「レイゾウコのことさ。私はレイゾウコって名前なんだ」

これにはぼくも少し困った。ママからそんな話、聞いたことない。このレイゾウコって名前の犬はイマジナリなんだから、昔、ママの見えない友達だったのかもしれない。大人になったママから忘れられて、今はこの図書館にいるんだろうか。

ママは君の話をしたことない、忘れてる――そう答えるのは簡単だった。けど、それは何だか嫌だった。だから、ぼくはレイゾウコにこう答えた。

「……アマンダのママは、キッチンの大きな箱に君の名前をつけたよ。毎日、君の名前を呼んでる」

「そうか。今でも覚えていてくれたか。私の友達は」

レイゾウコのその言葉を聞いて、ぼくはすぐに自分の言ったことを後悔した。こんな、はぐらかした答え、意味ないじゃないか。きっと、レイゾウコだって本当は分かってるんだ。このイマジナリの町にいるんだから。

「ごめん」

と、ぼくは謝った。

「本当はママは」

だけど、ぼくがそこまで口にしたところで、

「ママの作るクッキーはおいしい、か」

先にレイゾウコが言った。

「いいんだ。本当か嘘か、そんなこと大事じゃない。何かを信じたいと思ったら、それは信じるに値するものなんだ」

下を向きかけていたぼくは、それを聞いてハッと顔を上げた。

「大切なのは自分が信じる物語だよ」

赤い色をした海に、大きな船が浮かんでる。

見つめるぼくらの目の先で、船はゆっくりと通りすぎていく。そして、夕焼けの空は少しずつ暗くなっていく。

きっとまた、星がきらめく夜が来るんだ。

「——そうだよね」

しばらく時間を置いて、ぼくは口を開いた。

大切なのは自分が信じる物語……か。

「ありがとう、レイゾウコ」

お礼を言い、ぼくは立ち上がった。

※

翌朝。

図書館の掲示板の前には昨日と同じように、たくさんのイマジナリたちが集まり、わいわい騒いでいた。

みんな、お目当ての子の写真が浮かび上がってくるのを待ってる。

ぼくも少し離れた場所から、じっと掲示板を見ていた。そこへ、小雪ちゃんとジンザンがやってきた。

「おはよ、ラッジ」

小雪ちゃんは明るく挨拶（あいさつ）したけど、ジンザンは近くの机の上に飛び乗ってぼくの顔をのぞきこんできた。そして、小さく首をかしげた。

「少年よ、どこへ行くつもりだ？」

たずねられたぼくは、きっぱりと答えた。

「アマンダの病院へ行く。人間の友達に連れてってもらう」

ゆうべ、考えに考えて決めたことだった。

ぼくたちイマジナリは、一日だけの友達のところへ行けば、図書館の外にも出られる。なら、その友達にアマンダの病院まで連れていってもらえばいいんだ。

でも、ジンザンはぼくの答えを聞いて、頭を左右に振ってみせた。

「どこの病院かも分からないのにか？　バンティングはお前の匂いをかぎつける。病院にたどりつく前に食われて終わりだ」

ぼくは無視して前に出た。近づいた掲示板をよく見て、自分のお願いを聞いてくれそうな子を探す。

掲示板に貼られていた色んな紙がぶるぶると震え、奥からたくさんの写真が浮かび上がってきた。周りにいるイマジナリたちは歓声をあげている。

ジンザンがぼくの後ろからまた言った。

「たとえ、その子が生きていても、その子はもうお前のことを覚えていない」

「…………」

「だから、あの時、お前は消えかけていたんだ。その子を見つけることができたとしても、お前はそのまま消えてなくなるぞ」

「…………」

「人間はオレたちを忘れる。それは仕方がないことなんだ。オレたちはイマジナリなんだから」

それを聞いて、ぼくはやっとジンザンの方を振り返った。

ジンザンの色違いの目をまっすぐ見て、

「それじゃダメ？」

「ウソっこの友達じゃダメなの？」

イマジナリ。見えない友達。

「少年、まだお前は――」

「ジンザン。ぼくだって消えるのは怖い。バンティングに食べられるのも怖い。でも、ぼくは行く。たとえ、ぼくが消えても、誰にも見えなくなっても、アマンダと過ごした時間は嘘じゃない。みんなが……世界中が嘘だって言っても、ぼくがそれを信じられるだけで、ぼくはアマンダの友達でよかった」

ジンザンの横にいた小雪ちゃんが「ラッジ……」と小さくつぶやいた。

「ジンザン、ぼくはアマンダに会いたい」

ぼくはそう言って、掲示板に向き直った。

「目を覚ませ、頑張れ、って言いたい。ぼくはどんな時でも、いつまでも君の味方だよって言いたいんだ。……ぼくが消えないうちに」

バンティングは言っていた。

想像は現実に勝てないって。

それは本当なのかもしれない。結局、ぼくたちイマジナリは現実ってやつに呑みこまれて、いつかは消えてしまう存在なのかもしれない。

だけど、たとえそうだったとしても、ぼくはぼくが消えるまでぼくのままでいたい。

アマンダの友達の、ぼくが信じるぼくのままで。

どんどん掲示板の向こうから浮かんでくる子どもたちの写真。

目をこらしていたぼくは、やっとその写真を見つけた。

きれいな服を着た、でも、ちょっと生意気そうな目をした女の子。雨が大嫌いだって話をしてたあの子。

「ジュリア、アマンダの友達だ」

ぼくはもう一度だけ、後ろにいるジンザンと小雪ちゃんの方を見た。

「これはぼくの……誰にも見えない、ぼくたちの戦いだ。ジンザン、これがぼくの答えだよ」

ジュリアの写真にぼくは手を伸ばした。

「少年！」

ジンザンがぼくのところへ駆け寄ってくる。いや、ジンザンだけじゃない。小雪ちゃんもだ。

ジュリアの写真にぼくの手が触れた。その瞬間、ぼくの目に見えていた図書館の景色がぐにゃりと歪む。

世界はあっという間に光に包まれ、ぼくもジンザンたちも、その光に呑まれていった。

第七章　目を開ける時間

1

そこはとっても大きな劇場だった。

一階に並んだたくさんの座席、そして、二階、三階のボックス席。舞台は広く、背景に描かれたお城の絵もすごく立派で、豪華だ。

幕はもう上がっていた。ただ、開演の時間ってわけでもないみたい。だって、一階の座席に座ってるのは、たった一人の女の子なんだもの。

そして、一番前の席に座ったその女の子と向かい合うようにして、舞台の上に立ってるのは、ぼく一人。

「だめだめ。もう、どうしちゃったの？」

舞台の上でぼくがキョロキョロしていると、女の子――ジュリアは不機嫌そうにぼくのことを注意した。

「全然できてないじゃない！　もうすぐ発表会よ。あなたは主役のオーロラ姫なのよ」

「オーロラ姫?」

言われて、ぼくは自分の着ているものを見下ろした。そして、「は？」と声をあげそうになってしまった。

　今のぼくが着せられているのは、バレエの衣装だった。それも男物じゃない。女の子が着るみたいな、スカート付きの服。髪だって元のぼくじゃない。くるくる巻いた、少し長めの金髪だ。首にかけたエミリのゴーグルだけは、図書館にいた時のままだったけれど。

　あわてて、ぼくは舞台の下にいるジュリアに向き直り、

「ジュリア、ぼくはラジャーだ」

　ジュリアが「はあ？」とでも言いたそうに頭を傾けた。

「ろじゃあ？」

「違う。アマンダの友達のラジャーだよ。お願いだ、ジュリア。ぼくをアマンダの病院に連れてって！」

「アマンダの友達？　何言ってるの？　私のオーロラでしょ」

　立ち上がったジュリアがぼくのいる舞台へ近づいてきた。

「いーい？　あなたはこのあと、会場で全ての観客を魅了するの」

　そのジュリアの言葉は、本当は何も間違ってない。

　だって、ここはジュリアの想像した世界なんだから。ジュリアは今、そういう遊びを

してるんだ。そして、ここに来たぼくの仕事は、ジュリアと一緒に遊ぶこと。

それは分かってるんだけど、今は、

「ジュリア、お願いだ」

ぼくは舞台から体を乗り出した。

「急いでるの。大切なお願いが……あれ？」

だけど、そこまで口にした時だった。

ぼくの心の中で何かが弾けた。

割れた種みたいなその何かは、あっという間にぼくの心の全部に根を伸ばし、ぼくを変えてしまう。

そして、ぼくは、

「お願いが……」

いや。

ぼくって、何？

違うでしょ。

ぼくじゃない。

わたし――でしょ。

「わたしの……えっと、わたしを病院に？」

どうして？

わたしは病院にいく必要なんかない。わたしはジュリアの大切な友達、オーロラ姫なんだから。

「なんだったかしら？」

さっぱり分からない。

舞台の袖が騒がしかった。

「ジュリアがラッジを本物のイマジナリに選んじゃった……。どうするの？　どうするの？」

あ、ピンクのカバさん。

わたしと同じで、きれいに着飾っている。可愛いな。でも、なんで、あんなに焦ってるんだろう？

「まずいな」

そうつぶやいたのは目の色が左右で違う猫。こっちも可愛らしいアクセサリーを着けてて、結構似合ってる。

パンパンと手を鳴らしたのは、ジュリアだった。

「さ、オーロラちゃん。次は目覚めのパドドゥよ」

だけど、その時、少し遠くから、

「ジュリアちゃん、遅れちゃうわよ」

この声はジュリアのママだ。バレエが大好きで、バレエを習ってるジュリアのことも一生懸命、応援してるママ。

ジュリアが「はあ……」とため息をついて、後ろを振り返った。

「はーい」

すると、この豪華な劇場の影がふっと薄くなった。たくさんの座席が溶けるように消え始める。

ジュリアの想像が終わりかけてるんだ。

わたしの周りでも景色が歪み始めた。わたしの手の中にはジュリアの写真があって、その写真の周りに、劇場じゃない別の場所が浮かんでる。たくさんの本棚が並んだ図書館。

「ああっ……」

「少年、写真をはなせ！」

カバさんと猫がまだ騒いでいた。

写真をはなす？　どうして？

わたしが首をかしげていると、猫が走り寄ってきて、わたしに飛びついた。わたしが持っていた写真を前足で払う。その途端、わたしたちを光が包みこんだ。

ふと気づくと――。

図書館も劇場も消えていた。

わたしの周りにあるのは豪華だけど、子どもっぽいピンク色がやけに目をひく部屋。

カーテンも、椅子の背もたれも全部ピンク。

えっと、ここは……そうだ。ジュリアのお部屋。

ピンク色のカーペットの上に、わたしがぺたんと座りこんでいると、猫が横にやって
きて、わたしのことを見上げた。その姿はもう普通の猫で、アクセサリーなんか着けて
なかった。わたしの方はあいかわらずバレエ衣装を着たままだったけれど。

「少年、しっかりしろ」

だから、少年ってなに？

「ラッジ、行くんでしょ？　アマンダに会いに行くんでしょ？」

これはカバさん。

アマンダ？

「アマンダ……アマンダって、誰かしら？」

「お前の友達だ」

猫が少しもどかしそうにヒゲを震わせた。

友達？　わたしの？

「アマンダ……？　アマンダ……」

何度か繰り返してみる。でも、やっぱり思い出せない。

「忘れちゃったの？」

カバさんはそう言うけれど、わたしの友達はジュリアなわけで。

アマンダなんて子……でも、どうしてだろう？　思い出せないんだけど、その名前はなんだか妙に胸に引っかかるの。

「ジュリアちゃん、行くわよ」

開けっ放しになっていた部屋のドアの向こうでそんな声がした。ジュリアのママだった。ジュリアもこの部屋にはいない。

わたしたちが二階にあるジュリアの部屋を出て、階段の下をのぞいてみると、廊下をジュリアのママとジュリアが話をしながら歩いていくところだった。

「今日はパパも来るって」

「ホントかなあ。娘の誕生日も忘れちゃう人よ」

二人の足が向かう先は玄関。ジュリアはちゃんと外出着にお着替えしてる。

ああ、そうか。

今日はきっと、ジュリアのバレエの発表会の日なんだわ。

わたしがぼんやりとそんなことを考えていたら、いきなり後ろから両手で体を抱えられた。カバさんだった。

「行っちゃうよ、行っちゃうよ」

わたしを肩に担ぎ、カバさんは猫と一緒に大あわてで階段を駆け降りた。ジュリアとママのことを追う。わたしにはあいかわらず、どうしてそんなことをしなければいけないのか、よく分からない。

ただ、それでもわたしは猫とカバさんに逆らうことはしなかった。

やっぱり、あの名前が気になってる。

アマンダ、アマンダ、アマンダ……。

玄関のドアを開けて、ジュリアとママが外に出ていった。わたしたちの先で閉まるドア。だめ。わたしたちは想像の世界じゃなきゃ、自分でドアを開けられない。

「こっちだ」

猫が廊下を右に曲がった。その先は広々としたキッチンだった。ここには通用口があるけれど、その通用口のドアも閉まってる。ただ、ドアの下の部分には、ペット用の出入り口があって、そこは戸が開いていた。猫が戸を抜けて、外へ飛び出していく。

キッチンの外から、「ブルルン!」という車のエンジンのかかる音が聞こえた。きっとジュリアのママだ。

「あーっ。ジュリア、待って」

叫んだカバさんが、わたしを肩から下ろし、後ろからぐいぐい押した。

「ラッジ、早く早く!」

「え、ええっ、あーっ」

訳が分からないまま、わたしは猫が通り抜けたペット用の出入り口に頭を突っこんだ。

ああ、でも、無理だってば。これ、やっぱりペット用だもの。いくら、わたしがジュリアくらい小さな女の子だからって、通り抜けるのは辛い。案の定、半分くぐったところで、わたしのお尻が出入り口の枠に引っかかってしまった。

「うーん！」

うなっても、もがいても、全然前に進めない。

すると、先に外に出ていた猫が、

「小雪ちゃん、頼む」

「分かったー」

そんなカバさんの声が後ろからしたかと思うと、続けて、ドドドという足音が聞こえた。

え、ちょっと待って。

でも、わたしが声をあげるより早く、わたしのお尻にぼよんとした塊がぶつかってきた。カバさんが勢いをつけて体当たりしてきたんだ。

「わっ！」

わたしはそのまま出入り口の外へ弾き出された。いたた……確かに、いい方法だとは思うけど、ちょっと乱暴すぎない？

地面の上で一回転したわたしは、頭を振りながら体を起こした。

だけど、その時だ。

ずっとぼんやりしていたわたしの頭に、ピリッと電流が走った。

おうちの外では、もうママだけじゃなく、ジュリアも車の後ろの席に乗りこんでいた。

駐車場から、車がゆっくりと走り出す。

「行くぞ、少年!」

猫が駆け出した。

「早く来い! アマンダに会うんだろ」

「アマンダ……」

わたしはもう一度、その名を口にした。そうすると、頭に走った電流がさらに刺激を強くした。

「そうだ……」

そうなんだ。

アマンダはわたしの……わたし。

——いいや。

わたし、じゃない。

ぼく、だろ。

ぼくは、ぼく。

わたしじゃない。オーロラ姫じゃない。

……ラジャー。

そう。

ぼくはラジャーだ！

そして、アマンダはぼくの大事な友達。

「ぼくは……」

その瞬間、ぼくは立ち上がり、家の門を出ていく車を追って走り出した。

「ジュリアーっ！　待ってえー！」

あの車に乗りこんでジュリアに頼むんだ。

アマンダの病院まで連れてって、って！


門の外に出てみると、ジュリアのママの車はもう先へ行っていた。

あれじゃ追いつけそうにない。

「少年、こっちだ」

声はジンザンだった。

車を追いかけるんじゃなくて、道を横断して、ついてこいって言ってる。

ぼくはまだちょっと混乱したままだった。頭の中の整理整頓ができてないって言ったらいいのかな。図書館からジュリアの想像した世界へ行った後のことが、よく思い出せない。自分が誰なのかは思い出したんだけど、着てる服や髪はまだオーロラ姫のままだ。

ただ、それでもジンザンや小雪ちゃんがぼくを助けてくれたことだけは分かった。ジンザン——図書館でぼくが言ったこと、認めてくれたんだろうか。いいや、認めてくれなくたっていい。それでも、ジンザンも小雪ちゃんもぼくのことを応援してくれてる。今だって、そうだ。

ぼくはジンザンのあとを追った。

ジンザンが向かった先は大きな公園だった。

涼しそうな緑の葉をしげらせた木の間を一気に駆けぬけていく。ぼくも必死に走って続く。体がオーロラ姫のままなせいか、足の動きが自分でもしっくりこなかった。でも、そんな泣きごと、今は言ってられない。

ぼくはアマンダのところへ行くんだ。

絶対に。

あっという間に、ぼくたちは広い公園を端から端まで突っ切り、反対側に出た。そこは人が出入りする公園の入り口じゃなく、斜面になっていた。斜面の下には道路が見える。

——分かった。

ジンザンは公園を使って、ショートカットしたんだ。

この辺りの道は、広い公園をぐるっと周りながら延びてる。道の途中には信号だってある。これなら、ジュリアのママの車より、公園を突っ切ったぼくらの方が速い。

道の右側から、ジュリアたちの乗った車がやってきた。

「飛べるか？」

だ。

「もちろん！」

ジンザンに答えて、ぼくは斜面を滑り降りた。ありがと、ジンザン。ここまでで十分だ。

こっちに近づいてくる車はそんなにスピードを出してなかった。ジュリアのママは安全運転するタイプなんだろう。なんにしても、ぼくからしたらラッキーだ。

ぼくは斜面を蹴って、宙に飛び出した。

エミリみたいに服を翼にして飛べたら良かったんだけど、あれはぼくには真似できない。だから、怪我するのも覚悟で、走ってきた車のフロント部分に飛びつく。

「っ！」

ドンッ、と体を襲う衝撃と痛み。だけど、想像以上にうまくいった。

車の中に目を向けると、運転席にはジュリアのママが、そして、後ろの席にはジュリアが乗っていた。ジュリアのママには、イマジナリのぼくが見えない。車に飛び移ったことも全然気づいてないみたいだった。でも、ジュリアはそうじゃなかった。音が聞こえたのか、ジュリアは遊んでいた携帯ゲーム機の画面から顔を上げた。

走る車の上は、はっきり言ってメチャクチャ不安定だ。

ぼくは必死に車のフロント部分にしがみつきながら叫んだ。

「ジュリアーっ！　病院っ、病院へ！」

こっちを見たジュリアの目が、これ以上ないってくらい見開かれた。唇が「いっ」と歪む。続けて、ジュリアは車のガラス越しにも聞こえる金切り声で叫んだ。

「ぎゃあああああっ！」

「⁉　なにっ⁉　なにっ、なにっ、ジュリアちゃん⁉」

もちろん、その声はジュリアのママにだって聞こえる。しかも、怪獣みたいな咆哮だ。あわてたジュリアのママがハンドルを右に左に回し、それに合わせて、車が迷子のネズミみたいにふらついた。そして、最後には「キキーッ！」と悲鳴のようなブレーキ音を立てて停まった。車の上にいたぼくからしたら、こらえられる動きじゃない。前に吹っ飛ばされて、ごろごろ道路の上を転がる。あちこち打ったし、擦りむいた。でも、怪我なんて今はどうだっていい。ぼくはすぐに起き上がり、もう一度、車によじのぼりながら、

「ジュ、ジュリア、お願いだ！　アマンダの病院に連れてって」

「きゃああああああっ！」

ジュリアがまた叫ぶ。

そして、ジュリアちゃん、何なのっ？　どうしたの？」

「ジュリアちゃん、後ろを振りかえり、オロオロしてるジュリアのママ。

「大丈夫！　あなたならできる。プリマなんだから……」

ただ、ぼくの方は、その先の二人の会話をもう聞いていなかった。

別の音に気づいたからだ。

辺りに響く大きなサイレンの音。

そして、停まったジュリアのママの車の横を、見覚えのある車が追い抜いていく。

救急車だった。

サイレンを鳴らして走ってるってことは、今から誰かのところに駆けつけようとしてるのか。それとも、もう誰かを乗せて病院に向かってるのか。

どっちにしたって、あの車が行く先には病院がある！

アマンダがいるのがその病院かどうかは分からない。けど、可能性はゼロじゃない。

「アマンダー！」

車を降りて、ぼくは駆け出した。

2

救急車はそんなに長く走らなかった。

病院が案外近いところにあったんだ。

ぼくが見失う前に、救急車は道路を外れ、左に曲がっていった。そこには立派な建物がいくつも立ち並んでいた。間違いない。病院だ。

「はあっ……はあっ……」

息を切らして走り続けてきたぼくは、並んだ建物の中でも一番大きなその建物の前に立った。建物の入り口は背の高い回転扉になっていた。病院にやってきた人たちはみんな、ガラス張りの扉をぐるぐる回して、建物の中に入っていく。

「っと……」

一人の男の人の動きに合わせて、ぼくも扉の中に滑りこんだ。

回転扉をくぐった先は、すっごく大きなロビーになっていた。天井が高くて、イマジナリが暮らしてる図書館の広間みたい。正面に大きなカウンターがあって、カウンターの中に受付の人たちが並んでる。

カウンターにぼくは近づいた。

だけど、途中でぼくの足は急停止した。

とんでもないやつの後ろ姿を、そこに見つけてしまったからだった。

「バンティングですよ。ミスター・バンティング」

——はっ？

反射的に声をあげそうになり、ぼくはあわてて言葉を喉の奥に呑みこんだ。そして、近くにあった病院の案内パネルの陰に隠れた。

間違いなかった。

受付カウンターの前にいたのは、眼鏡をかけたアロハシャツのおじさんに、黒い髪の女の子。たぶん、女の子の方はぼくの目にしか見えてないんだろう。

なんだってバンティングがこんなところに——。

バンティングは、受付の女の人と話をしてるみたいだった。

「この病院に、アマンダ・シャッフルアップという女の子が入院してるでしょ？」

今度は別の意味で、ぼくは叫び声をあげそうになった。

だって、それはぼくが一番知りたかったことだったから。

アマンダはここにいる！

「ですから、どのようなご関係かと、うかがっているんです」

受付の人が困ったような顔をして、バンティングにたずねていた。

ぼくにはそれ以上の話はいらなかった。アマンダは確かにこの病院に入院してる。どうしてバンティングがここにいるのかは分からないけど、そのことは後回しでいい。とにかくあいつに見つからないように、アマンダのところへ行かなくちゃ。

隠れているぼくの近くを、病院の職員らしい人が通りかかった。

看護師さんだろうか。

大きなカートを押してる。カートの中身は見えない。でも、とにかく、ぼくにはチャンスだった。

息をひそめ、ぼくは職員の人が押すカートに体を寄せた。

カートの陰に隠れながら、バンティングとあの女の子がいるカウンターの横をすり抜ける。今にもバンティングが匂いをかぎつけるんじゃないかってドキドキしたけれど、バンティングは受付の人と話すのに夢中で、こっちに気づいてないみたいだった。

受付カウンターのあるロビーから、建物の奥へ延びた廊下へ入る。

そこからはもう隠れる必要はなかった。

カートの陰から立ち上がり、ぼくは廊下を走り出した。

ロビーもそうだったけど、病院の中はかなり広かった。

ここは多分、町で一番大きな病院なんだと思う。

アマンダがいるのはどこだろう？

人を避けて廊下を走るぼくの目に、その案内板の文字が飛び込んできた。

『小児病棟・A館』

こっちだろうか。

ぼくは案内板の矢印に従って、階段を駆け上がった。

二階に上がり、渡り廊下みたいな通路をさらに進む。

通路の天井からは、小さな子が喜びそうな、折り紙で作られた鶴がたくさん吊るされていた。

そうやって、たどりついたのは、また受付カウンターみたいな台があって、そのそばにキッズスペースなんかもある場所だった。スペースに置かれたボールプールやクッションの滑り台で子どもたちが遊んでる。パジャマを着て遊んでるのは入院してる子で、普通の服を着てるのは、お見舞いにやってきた子たちなんだろうか。

キッズスペースの壁には、落書きのできるホワイトボードもあって、そこに二、三人の子たちがペンで絵を描きこんでいた。動物の絵もあれば、人間の絵もある。もちろん、小さい子が描いた絵だから、本物そっくりってわけじゃない。ただ、キッズスペースの横をぼくが通りかかった時、突然その絵が動いた。

「っ？」

さすがにぼくも絵の方に顔を向けた。気のせいなんかじゃなかった。確かに絵の中の人や動物が動いてる。それでぼくにも分かった。

これ、ただの絵じゃない。

いや、絵でもあるんだけど、絵を描いた子たちのお友達、イマジナリでもある。

絵の中の人や動物は、廊下の先を指差していた。

あっちへ行け——ってこと？

あっちにアマンダがいる？

本当にそうなのかは分からない。でも、教えてくれたのはぼくと同じイマジナリだ。

ぼくは廊下を進んだ。途中、廊下の壁に掲示板があって、そこにも子どもたちが紙に描いたらしい絵が飾られていた。その絵の中の人や動物も同じ方向を指してる。

ぼくはみんなの案内に従って、病院の中を走り抜けた。

そして、ぼくはやっと、その人の姿を見つけた。

「ママ——」

そこは病院の中でも、ひどく静かな場所だった。

多分、ここにも入院してる子がいると思うんだけど、さっきまでと違って、ここでは子どもの声がほとんど聞こえない。……声をあげて騒ぐことさえできない子たちがいるのかもしれない。

静かな廊下の横には病室のドアが並んでいて、右から数えて二番目のドアの前に、ママがいた。ママは小声で看護師さんと何か話をしてるみたいだった。

もう間違いない。

絶対、あそこがアマンダのいる部屋だ。

看護師さんがママのそばを離れると、ママは自分の前にあるドアを開けて、中に入っていく。ぼくはあわててママのあとを追った。けど、間に合わなかった。駆け寄ったぼくの目の前で病室のドアは閉まっちゃう。ぼくはドアに思いっきり体当たりした。無理だって分かってはいたんだけど、そうしないと、気持ちがおさまらなかったんだ。もちろん、硬いドアはあっさりぼくのことをはね返した。

ただ、その時、閉まってたドアがまた開いた。

中から出てきたのはママだった。家にいた時と同じで、顔色はあんまり良くない。

「ママ、ココア買ってくるわね」

病室の奥に向かって、ママは声をかけた。

え？

じゃあ、アマンダはもう目を覚ましてるってこと？

ママが自分で開けたドアの取っ手から手を離して廊下を歩きだした。

ここのドアは、手を離すと横に滑って自動で閉まるタイプだ。

ドアが閉まる前に、ぼくは病室の中へ駆けこんだ。

※

真っ先に目についたのは、一本の木だった。

ぼく、この木のこと、知ってる。

前にアマンダの想像の中に出てきて、アマンダに教えてもらったから。

名前は、サンザシ。

大きくなると、とってもきれいな白い花を咲かせる。

その木が病室の中にあった。ただ、あったのは成長した大人の木じゃない。

種から芽を出して、ほんの少し大きくなったくらいの子どもの木。

そして、一番大事なのは、それが現実に生えてる木じゃないってことだった。病室には植木鉢なんか置かれてない。じゃあ、木がどこに生えてるのかっていうと、病室に置かれたベッドの端だった。ベッドの足元側にあるボードに根が張り、木がまっすぐ伸びている。

現実じゃない。そんなところに木が生えたりなんかしない。

だから、それは誰かの想像が生やした木。

もちろん、そんなことができる誰かは、ここには一人しかいない。

「アマンダ」

すぐに返事があるのを期待して、ぼくは声を弾ませた。

だけど——。

言葉は返ってこなかった。

「…………」

白いベッドの上にアマンダが寝かされていた。

頭に包帯を巻いている。

目は固く閉じていた。起きてるのなら、この距離でぼくの声が聞こえなかったなんてこと、ありえない。ふくらんだ期待が一気にしぼみそうになった。だけど、すぐにぼくは気を取り直した。確かにアマンダは目を覚まさない。でも、その体にかけられた毛布はほんの少し上下してる。

息をしてるんだ、ちゃんと。

ぼくは枕元に近づいた。

「アマンダ……ぼくのせいでごめんね……」

目を閉じたアマンダは何も答えてくれない。

「分かってるさ。アマンダは生きている。アマンダの想像力は生きてるよね」

そっと、アマンダの頰にぼくは左手をかざした。

「帰ってきたよ。ぼくが帰ってきたよ、アマンダ」

「…………」

「もう目を開ける時間だよ。目を覚まして」

言いながら、ぼくはもう一度、あのサンザシの方に目をやった。

だけど、その時、おかしなものが見えた。

サンザシの木に、黒い煙みたいな不気味な何かががらみついていた。

煙はサンザシの周りで渦を巻き、むくむくと大きくなる。そうやって、サンザシのそばで煙はその形を作った。

黒く長い髪と、暗い目を持つ女の子。

ハッとしたぼくの耳に今度はその音が聞こえた。

——カンッ。

——カンッ。

——カンッ。

忘れたくても忘れられるはずがない、傘の先が床を叩く音。病室の外で鳴ってるはずなのに、はっきりと耳に入ってくる。しかも、どんどん音が大きくなりながら。

黒い女の子が無言のまま一歩、前に出た。

一瞬、ぼくはひるみそうになった。でも、ありったけの勇気をふりしぼって、心の中に生まれた怖いっていう気持ちを蹴り飛ばす。

「消えないこと……」

一つ目の誓いをつぶやいた後で、ぼくはアマンダの頬にまた手を近づけた。そして、残りの誓いを唇に乗せた。

「守ること……ぜったい泣かないこと――」

決意を言葉にして、黒い女の子をにらみつける。

次の瞬間、空気が一気に動いた。

黒い女の子がまた煙になって、今度はサンザシじゃなくぼくに襲いかかってきた。ほとんど同時に、病室のドアが開く。バンティングが中に入ってくる。

「アマンダ、目を覚ますんだ！」

バンティングはいつものアロハシャツ姿じゃなく、シャツの上からお医者さんが着るみたいな白衣を引っかけていた。アマンダの病室に忍びこむために、そんなものを用意したのかもしれない。ぼくはそれを横目で見ながら、自分の体にまとわりついてきた黒い煙を両手で振り払おうとした。けど、うまくいかなかった。首を絞められ、そのまま壁に背中を叩きつけられる。咳きこんだぼくの前で、煙が元の黒い女の子に戻った。白い手がぼくの首を絞めあげてる。息ができない。

「誰を捕まえてるんだい？」

バンティングがそんなことを黒い女の子にたずねていた。

当たり前だ。

ぼくの姿はまだジュリアの友達、オーロラ姫のままなんだ。ただ、そのままバンティングに気づかれずに済むかといえば、そんな都合のいいことは起こらなかった。

「本当かい……ロジャー君なのか」

だから、ぼくはロジャーじゃなくて、ラジャーだ！

言い返したつもりだったけど、黒い女の子に首を絞められたぼくの口から洩(も)れたのは「ぐぐぐ」っていう、うめき声だけだった。

「また会えてうれしいよ。来てくれると思っていたんだ」

バンティングが本当にうれしそうに眼鏡の奥にある目を細めていた。

このままじゃダメだ。

バンティングの狙いはぼくだけ。多分アマンダには何もしない。でも、ぼくがバンティングに食べられるってことは、アマンダの想像がバンティングに奪われるってことだ。

バンティングは、ぼくが消えるとアマンダの悲しみも消える、って前に言っていた。

でもさ。

もしバンティングの言うことが本当だったとしても、それって本当に良(い)いこと？

だって、ぼくの中にはあの日、アマンダが誓った心が詰まってるのに。

悲しくたって、それはアマンダにとって、とっても大事なもののはずなのに――。

「ア……マンダ……」

黒い女の子に首を絞められながら、僕は喉（のど）の奥から声をしぼり出した。

ベッドのボードには、まだサンザシの木が生えたままだった。さっき黒い煙にまとわりつかれたはずなのに、アマンダの想像は全然揺らいでない。

そして、その時、ぼくはその声を聞いた。

「う、うう……」

かすかなうめき声。

ぼくじゃない。目の前にいる黒い女の子でも、バンティングでもない。

アマンダだった。

閉じていたまぶたがぴくぴく動いてる。

そうして、まぶたはゆっくりと開いていき、

「わたし……」

アマンダ！

3

「お嬢ちゃん、目を覚ましたかい？」

バンティングが目を開いたアマンダにそんな言葉をかけていた。

「誰……？　お医者さん……？」

ベッドで寝たままのアマンダは、ぼんやりとした顔で問い返してる。すぐ近くで取っ組み合いをしてるぼくと黒い女の子の方は見ない。いや、というか、あれは気づいてないし、見えてもいないんだ。目は覚ましたけど、いつものアマンダに戻ってない。戻ってるなら、絶対ぼくのことに気づいてる。

黒い女の子の手の中で、ぼくは必死にもがいた。アマンダに近づいて、もう一度、呼びかけたかった。

「おいおい、そんなに暴れないでくれないか」

バンティングがいやらしく笑いながら、今度はぼくに言った。

「何にでも賞味期限というやつがあるんだ。キミの賞味期限は今日なんだよ、ドレス姿のロジャー君」

そんなお前の都合、知ったことじゃない！

ぼくは両手両足に力をこめた。自分の首を絞める黒い女の子の体を持ち上げて、逆に振り回そうとする。女の子はそんなぼくを押さえこもうと上からのしかかってくる。

「誰にしゃべってるの？」

アマンダがバンティングにたずねていた。

バンティングの方は「ほう」と少し意外そうにつぶやいたあとで、また笑い、

「聞いたかい？　この子にはお前のことが見えてない。お前のことなんて覚えてないんだよ」

ぼくはのしかかってくる黒い女の子を押し返した。もつれ合いながら、そのまま病室の端から端まで移動する。途中、病室のドアの前に立っていたバンティングにぶつかりそうになった。バンティングはひょいと横に飛んで、ぼくたちをよけ、

「おおっと――。悲しいじゃないか、ええ、ロジャー君」

あっ。

女の子との取っ組み合いを続けていたぼくの目に、それが見えた。

ぼくたちのことをよけたバンティングが、あのサンザシに手を伸ばしていた。「汚い手で触るな！」ってぼくが怒鳴る前に、バンティングの指がサンザシに触れる。黒い女の子の煙にはびくともしなかったサンザシの木が、それだけで色をなくし、しなびてしまった。

――あいつ！

だけど、その時、ベッドの上でアマンダが体の半分を起こした。アマンダの目は、バンティングの指の先を見ていた。まるで、そこで枯れてしまったサンザシの木がはっきり見えてるみたいに。

そして、アマンダは、

「ロ……ロジャー……？」

つぶやきながら、包帯を巻いた自分の頭を手で押さえた。苦しそうにうめいてから、アマンダはハッと顔を動かす。今度はその目がぼくと女の子の方に向けられていた。

「誰？　誰なの？　あなたたち……なんで喧嘩してるの？」

アマンダ、見えてる！

バンティングがフンと鼻を鳴らした。続けて、ぼくに、

「この子がお前に預けたものを、私が全て食べてあげよう。悲しく苦しい思い出も一緒にね」

そうはいくもんかっ。

ぼくは自分に組みついた黒い女の子を力いっぱい蹴っ飛ばした。それでやっと女の子が離れた。だけど、女の子はすぐにまた両手を伸ばしてきた。のけぞって、ぼくはそれをかわす。女の子の手がぼくじゃなく、首にかかっていたエミリのゴーグルをつかんで引きちぎった。投げ捨てられたゴーグルが、ベッドの上のアマンダの前に落ちる。

「アマンダ！」

もう一度つかみかかってくる女の子の腕を逆につかみ返して、ぼくは叫んだ。姿が見えてるなら、声だって届くはず——そう思ったぼくの考えは半分正解で、半分間違いだったのかもしれない。ぼくの叫びにアマンダは返事をしなかった。ただ、ぼくの声が全然届かなかったかっていうと、そうじゃなかったらしい。何か感じたのか、アマンダは

自分の前に落ちてきたエミリのゴーグルを手に取った。

「ロ、ロジャー……？」

もう一度、その名前を口にしてから、アマンダは枯れてしまったサンザシをまた見た。

ずっとぼんやりしていたその顔。けれど、だんだん表情が変わっていく。目に力強さが戻ってくる。——そう。ぼくがよく知ってる、いつも素敵な想像で世界を変えてくれた、アマンダの目に。

そして、はっきりとアマンダは口にした。

「ちがう。ロジャーじゃない」

ぼくは湧き上がってくる嬉しさを全部、声にこめた。

「そうだよ！　ぼくだ！」

今度こそ声は届いた。

「この子はラジャーよ！」

バンティングに向かって、アマンダが言い放つ。

その言葉が、世界とぼくを変えた。

※

枯れていたはずのサンザシが生き返った。

茶色くしおれていた葉がみるみるうちに緑の葉に戻り、曲がっていた枝もまっすぐ伸びる。そこからサンザシは一気に大人の木へ成長していった。たくさんの葉が茂り、幹が大きくなり、伸びた木は病室の天井も突き破る。

——アマンダだ。

バンティングじゃない。

これはアマンダの想像だ！

だって、変わったのはサンザシだけじゃない。ぼくの姿もオーロラ姫からいつもの自分に戻っていた。アマンダの一番の友達、冒険の相棒、ラジャーに。

サンザシの木が輝いて、今度はたくさんの折鶴になった。光り輝く折鶴たちは一斉に飛び立ち、ぼくと取っ組み合いをしていた女の子やバンティングへ向かってくる。これにはさすがに驚いたのか、女の子がぼくから手を離した。

「ラジャー、こっちへ！」

「アマンダ！」

ベッドの上で立ち上がったアマンダが手を伸ばし、ぼくもすぐにベッドに飛び乗った。

その瞬間、また世界が変わった。

ザザアッ、という大きな波が押し寄せるような音が聞こえた。

ぼくは横にいるアマンダの顔を見た。

アマンダは自信満々の笑顔だった。ということは、この音もアマンダが想像したものだってことだ。

病室が突然、海に呑みこまれた。床と天井から一気に湧いた海の水。まばたきした目をぼくが開いてみると、もうそこは深い深い海の底だった。それでいて、息苦しさはまったく感じない。普通に声も出せるし、動ける。

当然さ。

これはアマンダの想像した世界なんだから。

「さすがだね、お嬢ちゃん」

ごぼごぼっていう水の音の向こうから、バンティングの声が聞こえた。

「ロジャー君に狙いを定めただけの甲斐はあった」

海にたくさんの魚が現れた。魚たちはバンティングと黒い女の子の動きを抑えこむように、二人の周りでぐるぐると泳ぎ回る。

アマンダがベッドのボードに両手をついた。

「行くよ、ラジャー！」

「ラジャー！」

すぐにぼくも返事をした。

アマンダが何をするつもりなのか。ここから何を想像するのか。

ずっとアマンダと一緒に過ごしてきたぼくには、はっきり分かる。

「しっかりつかまって！」

「分かってるさ！」

海の底に沈んでいたぼくたちのベッドがいきなり動いた。ジェットエンジンでもつけられたみたいに、病室の壁に向かってベッドが突進する。壁を突き破ったベッドは、あっという間にスクリューのついた潜水艇に姿が変わった。操縦席に座ったぼくたちからは、周りの青い海が見える。

「そうくるかい。面白い」

後ろで、またバンティングの声がした。

振り返ってみると、病室にいたバンティングの体が大きく膨らんでいた。その体はもう白衣を着たバンティングじゃなく、魚雷だった。大きくて黒い魚雷。端からロープが伸びていて、ロープの先にある泡の中に、あの黒い女の子がいる。そうやって、女の子と自分を結びつけたバンティング魚雷は、一直線にぼくたちの潜水艇を追ってきた。

「！」

頭にバンティングの顔がくっついた魚雷が、一気にぼくたちへ迫る。

あわててアマンダが潜水艇を動かして、魚雷に激突されるのを避けた。でも、バンティング魚雷はあきらめない。水中でぐるりとカーブして、ぼくたちをしつこく追ってくる。この追いかけっこはぼくたちの方が不利だ。アマンダもそれが分かったのか、潜水艇を海の中から海面に出した。すると、潜水艇が今度はモーターボートに変わった。真っ青な空の下、水しぶきをあげて海を滑るモーターボート。バンティング魚雷をあっという間に引き離す。

これはきっと、想像力と想像力のぶつかり合い。

相手よりすごい想像ができた方が勝つ。

相手の想像に押しつぶされた方は負ける。

ぼくたちの潜水艇がモーターボートに変わったのを見て、バンティング魚雷も形を変えた。アロハシャツを着たバンティングに戻って、ぼくたちと同じように海面に出てくる。そうしてバンティングが飛び乗ったのは、サーフボードだった。空を飛ぶ大きな黒い鳥にロープで引っ張られたサーフボード。多分、鳥の方はあの女の子が変身した姿だ。

矢のように、ぼくたちを追ってくる。

「私はお嬢ちゃんより何百年も長く生きているのでね」

バンティングの平然とした声が海の上に響き渡った。

くそ。

あいつ、全然困ってない。

余裕だ。

「アマンダ、このボート、空とか飛べないよね？」

「もちろん飛べない」

期待をこめたぼくの質問に、アマンダはあっさり答えた。でも、がっかりするぼくの前で、アマンダはやっぱり笑って言った。

「でも、大丈夫！」

アマンダの言葉が終わらないうちだった。

ぼくたちのボートの進む先に、とんでもなく大きな渦が現れた。

いや、あれはもう渦っていうより、海に生まれた穴だ。穴に向かって海水がゴウゴウと音を立てて、滝みたいに落ちてる。

「わああああっ……！」

どこが大丈夫なんだよ⁉

このままじゃボートごと、ぼくたちは穴の底へまっさかさまじゃないかっ。

「あははははは！」

だけど、叫ぶぼくと違って、アマンダはあいかわらず楽しそうに笑っていた。

「キャッホーッ！」

アマンダがボートの舵を切る。いや、だから、間に合わないんだって！

海面を進んでいたぼくたちのモーターボートが穴をよけきれずに穴の中へ突っこんだ。

もちろん、これはぼくたちだけじゃない。ぼくたちのすぐ後ろ、いまにも追突しそうなくらいに追いついてたバンティングのサーフボードだって同じだった。空中の黒い鳥が方向を変えて穴を避けようとしたけれど、こっちだって間に合うタイミングじゃない。

「げげげっ」

バンティングが叫んだ。

その時、穴の底に落ちかけていたぼくたちのモーターボートが、またまた別のものに変わった。オレンジ色のとっても大きな傘。しかも、これは現実の傘じゃない。空だって飛べる魔法の傘だ。

ぼくとアマンダが傘につかまる。そうやって空を昇っていくぼくたちとは反対に、サーフボードに乗ったバンティングはあっという間に穴の底へ沈んでいった。

「バイバーイ！」

アマンダが落ちていくバンティングに向かって、傘を持ってない方の手を振る。

この勝負、ぼくたちの勝ちだ——。

だけど、ぼくがそう思った時、空にもくもくと黒い雲が湧いた。

晴れ渡った青空を隠す雲。雲の一部があの黒い女の子の顔になってる。

ハッと見上げるぼくらの前で、相手は素早く動いた。

雲から巨大な手が二つ現れた。その手は、空に浮かんだぼくとアマンダを握りつぶすようにして包みこみ、ぼくたちを引き離してしまう。

「ラジャーッ！」

「アマンダーッ！」

黒い雲の手が、ぼくたちを空中でぐるぐると振り回した。すごいスピードで動く観覧車に無理やり乗せられたみたいな感覚。体が引きちぎられそうになる。頭がぐわんぐわん回る。

「うわあああああっ……」

ぼくもアマンダも雲の中で悲鳴をあげた。

――そして。

何もかもひっくり返すことが起こったのは、その時だった。

「どなたさまですか？」

今までのアマンダたちの想像とは全然繋がらない、その言葉。

ぼくのすぐ近くから聞こえた。

※

いつの間にか、辺りの景色が元の病室に戻っていた。

ぼくには雲の手じゃなく、あの黒い女の子が組みつき、女の子から洩れた黒い煙がベッドの上のアマンダにもまとわりついてる。

バンティングの方は壁に手をつき、「ハアッ、ハアッ」と息を切らしていた。

さっきの声、あれはもちろん、ぼくでもなければアマンダでもない。バンティングでもない。

想像の世界を一瞬で終わらせたのは、病室のドアを開けて入ってきたママだった。手にココアのカップを載せたトレイを持ってる。

ママの目はぼくやアマンダじゃなく、バンティングに向けられていた。

さっきの「どなたさまですか？」。

あれはバンティングに言ったんだ。

「ううぅ……」

黒い煙にまとわりつかれたアマンダが苦しそうにうめいた。

それでママもハッとしたようにアマンダを見た。

「アマンダ⁉」

トレイをテーブルに置いたママがアマンダの枕元へ駆け寄る。そうして、ママはもう一度バンティングの方を振り返った。

「お医者さまですよねっ？　なんとかしてください！」

想像の世界にいた時と違って、バンティングは最初に病室に入ってきた時と同じ、白衣姿だった。傘を持っていない方の手で自分の胸をさすりながら、

「いやいや、ミズ・シャッフルアップ。私は今日の病院と子どもたちについて、調査をしているだけでしてな」

「⁉　あなた……前にうちをたずねてこられた――」

「これはこれは……。忘れられていなくて光栄ですな」

「出ていってください！」

ママが鋭く叫んだ。

「娘が苦しんでるのが見えないんですか！」

　そこに、

「ママ……」

　アマンダがかすれ声をあげた。

「アマンダ！　目を覚ましたのね！」

「ママ……信じちゃだめ……あの人は」

「今お医者さん呼ぶから」

　アマンダの言葉をろくに聞かずに、ママはベッドの枕元にあったボタンに手を伸ばす。本物のお医者さんや看護師さんを呼ぶためのボタン。

　そして、女の子に組みつかれていたぼくは、その様子を見て、思わず「え!?」と声をあげそうになった。

　ママが手に取ったボタンが、まるで生きてるみたいに暴れた。ママの手から離れて、ベッドの上のアマンダの前に落ちる。

　もちろん、ぼくの目には何が起こったのか、ちゃんと見えていた。

　蛇だ。

　まだら模様で、気味の悪い大蛇。胴体が丸太のように太い。

　ママの手から離れたボタンと、それにくっついていた白い電線が、その大蛇に変身していた。バンティングの想像だった。でも、本当はそれはおかしいんだ。

だって、想像の世界の出来事は、それが見えない人には何も起こらない。イマジナリの図書館にいた普通の人たち。周りでイマジナリが何をしたって、あの人たちには何も感じ取れなかった。何も起こらなかった。でも、今ボタンは確かに勝手に動いて、ママの手から抜け出した。

大蛇がぬるりと動いて、アマンダの体に巻きつく。

すると、ママはベッドの上を見て、ひどく驚いた顔をした。

――ママ、ひょっとして見えてる⁉

いや、それは少し違うかもしれない。なにしろ、現れた大蛇はとんでもなく大きくて、お話の世界に出てくるみたいな化け物で、アマンダだけじゃなく、ベッドの横にいるママにだって、そのぬめぬめした体が触れてる。でも、ママはそっちには気づいてるように見えない。蛇が見えたっていうより、何か異常なことを感じただけなのかもしれない。

でも、それなら――。

「ママ……あの人は、ラジャーを飲みこもうとしてる……！」

大蛇に巻きつかれたアマンダが、苦しそうに息を荒くしながら、ママに訴えた。

「お嬢ちゃん、飲みこむなんていうのは間違ってる」

バンティングはニヤニヤした顔でぼくを見た。

「私は、この子をゼロにして現実に戻すだけなんだよ」

ママがバンティングの方を振り返った。

「あなた、いったい……」

「何もしませんよ。邪魔さえしなければね」

「邪魔？」

ママがたずねた時、アマンダに巻きついていた大蛇がまた動いた。太い胴体で、アマンダの体を締めあげる。

「ぐ、うぐぐぐっ……！」

アマンダが悲鳴をあげた。

ぼくは黒い女の子の手の中でジタバタもがきながら叫んだ。

「アマンダ！　ママなら信じてくれる！　君を助けてくれる！」

ママは想像の世界の大蛇、そして、ぼくや黒い女の子のことが見えていない。

でも、もう気づいてるはずなんだ。

感じてるはずなんだ。

だって、ママだって、昔はアマンダと同じだったんだから。

「ママにレイゾウコの話をするんだ！」

ぼくはさらに声を高くして、

「ママが呼んだら、レイゾウコが来てくれる！」

「うぅ……ママ」

ぼくの言葉を聞いたアマンダが、ほとんど大蛇の胴体の中に埋もれながら、それでも口を開いた。

「ラジャーがね……」

ママは首を左右に振った。

「しゃべっちゃダメ」

「ラジャーが」

アマンダは聞かなかった。

「レイ……レイゾウコ……」

「冷蔵庫……？」

意味が分からないといったふうに頭を傾けるママ。

かぶせるようにして、ぼくはまた叫んだ。

「犬、犬なんだっ」

「犬……レイゾウコっていう犬。ラジャーが会ったって……」

「ママをずっと待ってる」

「待ってるって……ママ、レイゾウコを呼んで……ママ」

アマンダの目がママを見上げてる。その必死の瞳（ひとみ）にママの顔が映ってる。

もしかすると、それが最後の引き金を引いてくれたのかもしれない。

「あ……」

突然ママが声をあげた。

「あ、ああ……あああっ」

のけぞるようにして、ママは自分の首を後ろにそらした。……そうだ。見えてる人なら、そうなるのが普通なんだ。

だって、ママのあごの下にだって、まだら模様の大蛇はいるんだから。うねうねと、その体をくねらせてるんだから。

「蛇……」

ママがつぶやくと、大蛇の方も反応した。自分が相手に気づかれたこと、大蛇の方も分かったんだろう。アマンダに巻きついたまま「シャーッ」と大きな口を開き、ママを脅かす。

ママは息を呑んだみたいだった。いや、呑みこんだのは本当は悲鳴だったのかもしれない。

「いかがです、ミズ・シャッフルアップ」

バンティングが馬鹿にしたように言った。そして、病室がガタガタと震え始めた。大きな地震みたいな揺れ。

「ようこそ。イマジナリの世界へ」

くそ。

あいつ、また想像の力で——。

「うぐぐっ」

ぼくは全身の力を振りしぼって、自分に組みついた黒い女の子の手から逃げだそうとした。でも、できなかった。黒い女の子の力がさらに強くなったからだ。

「ママ……ぐっ……ママ……」

そして、大蛇がさらにアマンダを締めあげていた。何重にも巻きついた胴体の内側に、アマンダはほとんど呑みこまれかけてる。

「！　アマンダ！」

叫んだママが目の前にある大蛇の胴体に飛びついた。

「大丈夫！　大丈夫だからねっ」

さすがママだ。アマンダのためなら、あんな化け物みたいな大蛇にだって立ち向かえる。

大蛇の胴体を両手で抱えたママが、思いっきり引っ張って、大蛇をアマンダから引き離そうとした。だけど、大蛇の方も黙ってない。体をくねらせて、大きな自分の頭でママのことをはたく。

「あっ……」

ママが弾(はじ)き飛ばされた。後ろにあった壁に背中から叩(たた)きつけられてしまう。しかも、ただ叩きつけられただけじゃない。ママが壁に衝突した瞬間、ママを呑みこむようにして、白い壁がスライムみたいにうねった。ママの体が壁の中に埋まる。

またバンティングの想像だ。

ママを封じこめるつもりなんだ。

「ママ！」

黒い女の子の手から抜けだそうとしながら、ぼくは声を張り上げた。そのぼくに今度は黒い女の子の長い髪がからみついてきた。生きてる蛇みたいに、女の子の髪がぼくの首を絞める。

「！」

息ができなくなった。と同時に、ぼくの体がすごい力で引きずられた。そのまま、ぼくはバンティングの前に突き出されてしまう。バンティングがうれしそうに笑い、ぼくの肩を両手でつかんだ。あの時みたいに大きく開く口。

だめだ。

このままじゃ食べられちゃう！

バンティングがぼくに覆いかぶさってくる。

その瞬間、ぼくじゃなく、アマンダが病室の外にも聞こえそうな声で叫んだ。

「ママーッ！　ラジャーを助けてええええええっ！」

間奏　レイゾウコ

※

彼は待っていた。

ずっとずっと、その瞬間を待っていた。


「…………」

いつもの図書館で、うつらうつらしていた老犬はふと目を覚ました。

起き上がり、辺りを見回す。

図書館の広間は普段と何も変わらなかった。静かに読書する人々、カートを押して歩く職員、そして、その間にたむろするイマジナリたち。

まったく普段通り。

それでも、起き上がった老犬は走り出した。

誰かに呼ばれたように感じたからだ。

広間に置かれた掲示板の前まで老犬は行く。

立ち止まった老犬は、じっと掲示板を見上げた。すると、掲示板に貼られていた広告や伝言カードの紙がぶるぶると震え始めた。

やがて、掲示板の奥から一枚の写真が浮かび上がってくる。

普通、ここに現れる写真は子どものものだ。

イマジナリと遊びたがるのは子ども。遊ぶことができるのも大抵は子ども。

しかし、その写真に写っていた人間は子どもではなかった。

むしろ、子どもがいてもおかしくないくらいの年齢の女性。

「！」

老犬の垂れた尻尾（しっぽ）がぴくりと跳ねた。

しょぼしょぼとしたその目に輝きが宿る。

そう。

確かに彼は呼ばれたのだ。

誰よりも大事な、彼の一番の友達に。

間奏　エリザベス・シャッフルアップ

※

実を言うと、その犬は生まれた瞬間から年老いていた。

空き地に放置されていた古い冷蔵庫。

おそらく、不法投棄された粗大ゴミだったのだろう。

しかし、当時のリジーは今のアマンダよりも幼かったし、粗大ゴミも立派な遊び道具だった。だから、わくわくしながら、捨てられた古い冷蔵庫に近づいたのだ。

ところが、その時、すぐ近くの草むらからニョロニョロと蛇が出てきた。まだら模様の、気持ち悪い蛇。

蛇が大嫌いなリジーは、最初、悲鳴をあげて逃げ出そうとした。けれど、そこで不思議なことが起こった。

空き地に放置されていた冷蔵庫。

そのドアがゆっくりと開いたかと思うと、形がむくむくと変化したのである。

現れたのは毛むくじゃらの犬だった。元が古い冷蔵庫だったせいもあるのだろう。最初から歳を取っていた。けれど、リジーのために老犬は蛇に立ち向かってくれた。

「バウバウ！　バウ！」

老犬は勇ましく吠えて蛇を追い払った。

そして、その日から老犬はリジーの親友になった。

「いけーっ、レイゾウコー」

「ワンワン！」

誰の目にも映らない、母にも弟にも見えない、リジーだけの友達。

楽しかったし、幸せな時間だった。

なぜ、今の今まで忘れていたのか。

信じられないほどだ――。

※

「ママーッ！　ラジャーを助けてええええええっ！」

アマンダの必死の叫びを聞いた時も、リジーは全てを理解していたわけではなかった。

ただ一つだけ、はっきりしていることがある。

目の前で起きている出来事は、夢でもなんでもないということだ。リジーの体はスライムじみた病室の壁に包まれ、動きを封じられている。これが夢のはずがない。

リジーの視線の先で、アロハシャツを着た派手な中年男が、信じられないほど大きく口を開けていた。

そして、その開いた口に向かって、今にも一人の少年が飲みこまれそうになっていた。縦に伸びた少年の頭と首。リジーからすれば、今日初めて出会った少年ではあった。だが、間違いない。あの子がアマンダがずっと一緒だと主張していた友達——ラジャーなのだ。

娘の友達が捕らわれ、食われそうになっている。娘は友達を助けてほしいと叫んでいる。

なら、母親がやることは一つではないか。

「その子を放しなさい！」

自分を押さえこもうとする壁を力任せに押しのけながら、リジーは大声をあげた。だが、アロハシャツの男——バンティングはリジーの制止などまったく聞かない。ますます口を広げて、少年を飲みこもうとしている。黒い不気味な少女が、自分の長い髪で少年を拘束している。

「その子を放せって言ってるの！」

もう一度怒鳴り、リジーは渾身（こんしん）の力で、ぐねぐねと覆いかぶさってくる壁の中から抜け出した。

「その子は私たちと一緒にいる！　私たちの友達をあなたに渡さない！」

よろめきながらも壁から出たリジーは、手近なところにあったパイプ椅子を持ち上げた。言葉が通じない相手なら実力で止めるしかない。しかし、リジーがパイプ椅子をバンティングに投げつける前にまた異変が起こった。

病室に備えつけられていた、入院患者用のクローゼットだった。

クローゼットの戸は開いていた。戸の裏側には縦に長い姿見鏡が貼りつけられている。

その鏡が目のくらむような光を放った。

今にも椅子を投げようとしていたリジーもこれには驚いて、一瞬、動きを止めた。

鏡の中から、いや、光の中から何かがリジーに向かって駆け寄ってくる。

その姿を見て、リジーは目を見張った。

走ってくるのは大きな犬だった。毛の長い犬。見た目は結構くたびれている。が、それでいて足は速い。

リジーが全てを思い出したのは、その時だった。

……そうだ。

あの犬のこと、自分はよく知っている。

とても頼りになる。けれど、自分以外の誰にも見えていなかった、大切な友達。

レイゾウコ——。

鏡からレイゾウコが外に飛び出してきた。ベッドの上でアマンダに絡みついていた大蛇に飛びかかる。それもまたリジーにとっては昔のままの姿だった。レイゾウコはああやって幼いリジーも蛇から守ってくれた。

「シャーッ!」

大蛇が鋭い威嚇の声をあげて、レイゾウコにかみつこうとした。しかし、レイゾウコはまったくひるまない。

「バウバウ!」

相手の牙をかわして、レイゾウコは大蛇の頭を左右の前足で押さえつけると、逆に大蛇にかみついた。のたうちまわって、レイゾウコを振りほどこうとする大蛇。レイゾウコはびくともしない。逆にベッドのマットに大蛇の頭をめりこませる。

大蛇の動きが鈍くなった。

と同時に、アマンダを締め上げていた胴体が緩んだ。見逃すアマンダではない。這うようにして大蛇の中から抜け出すと、アマンダはベッドから飛び降り、リジーに抱きついた。

「ママ!」

「アマンダ!」

パイプ椅子を放り出したリジーも、娘のことをしっかりと抱きしめていた。

終章　最後の冒険

※

バンティングに飲みこまれそうになっていたぼくには、何が起こったのか分からなかった。

ただ、そんなぼくの前でバンティングが思いっきり広げていた自分の口を小さくして、腹立たしそうな声をあげた。

「なんて、おせっかいな連中なんだ！　たかがイマジナリ一匹のために！」

ぼくを吸いこむのを止めて、バンティングがベッドの方を振り向いた。

それで、ぼくにもそれが見えた。

ベッドの横でアマンダとママが抱き合っていた。そして、ベッドの上では、毛むくじゃらの大きな犬が大蛇にかみついてる。しかも、かみつかれた大蛇はみるみるうちに小さくなっていく。

レイゾウコだ。

来てくれたんだ！

　バンティングがまた怒鳴った。

「おとなしく食われればいいだろ！」

　言うと、バンティングはまた口を大きく開き、ぼくを飲みこみにかかった。

「ラジャー……！」

　アマンダの声が途切れ途切れに聞こえた。

　ママの腕の中から、アマンダがぼくに向かって手を伸ばしていた。

　ぼくはそっちに目だけを向けて叫んだ。

「アマンダ、君はママと……生きていくんだっ」

　そうだ。

　ママはもう前のママじゃない。

　レイゾウコのことをママは思い出した。イマジナリのぼくがここにいるってことも信じてくれた。

　それはつまり、ママが前と違って、アマンダのことを分かってくれたってことでもあるんだ。

　なら、アマンダだって――。

「ラジャ――ッ！」

　アマンダがほとんど悲鳴に近い声でぼくの名前を呼ぶ。

ぼくの頭をバンティングの大きな口が覆う。

もうダメだ……。

けれど、ぼくが目をつぶりかけた、その時、ベッドの上にいたレイゾウコが動いた。

もう動かなくなっていた大蛇を放り出し、こっちに向かって突進してくる。

「！」

そのままレイゾウコは、ぼくに体当たりした。バンティングに食べられそうになっていたぼくは弾き飛ばされ、バンティングの大きな口の前からは誰もいなくなる。

——あ……。

ただ、レイゾウコともつれあうようにして床に倒れたぼくは、それをはっきりと見た。

前屈（まえかが）みになっていたバンティングは、まだ口を開けたままだった。

その口の前にスッと、誰かが立った。

あの子だ。

ずっと無表情で、無口で、バンティングの言うことだけを聞いていた、あの黒い髪の女の子。

なぜか、その子の顔に初めて、ほんの少し悲しそうな表情が浮かんでいた。

黒い女の子がバンティングにしがみつく。大きく開いたバンティングの口の前に自分の頭を差し出す。ぼくと女の子がすり替わってしまったこと、バンティングは気づいてない。差し出された女の子の頭を一気に飲みこんでしまう。

女の子の足が床から浮き、ほとんど同時に、その体が形をなくしていった。黒い煙になる。

そうやって、その黒い煙を、バンティングはどんどん吸いこんでいく。

全部の煙を食べつくし、バンティングは口を閉じた。ごくりと喉（のど）が鳴る音。大きなゲップ。体をのけぞらせて、バンティングは満足そうに笑った。

だけど、その瞬間、うれしそうだったバンティングの顔が急に歪（ゆが）んだ。

そして、

「……なんという味だ。想像を超えるとはこういうことなのか……なんとも形容しがたい……フレッシュというよりも」

おえっ、とバンティングが長い舌を出した。

「まるで腐ったようなっ！」

ぼくも、アマンダたちも声をなくして、その姿を見つめることしかできない。

「いや、しかし、私は食べた！　格別なるイマジナリを！　そうだ、これこそ私が求めた——」

腕を振りまわし、バンティングは話し続ける。

「げ……ゲ……ゲッ……！」

だけど、そこで急にバンティングの言葉がぎこちなくなった。

白衣を羽織ったバンティングの体から噴き出す黒い煙。

一瞬、バンティングの目が動いてこっちを見た。

自分が食べたのがぼくじゃないってことが、その時やっと分かったのか。

眼鏡の奥で、バンティングの目がほんの少し大きくなる。

最後にバンティングは叫んだ。

「ゲンジツ、ダ――――ッ！」

同時に黒い煙が爆発したみたいに膨れ上がり、バンティングの姿が見えなくなった。

そして、煙が晴れた時、バンティングはもうそこにいなかった。

薄まっていく煙の中から一枚の写真が出てくる。

ひらひらと床に落ちる写真。

写真にはバンティングが写っていた。でも、写真のバンティングは、ぼくたちが見ている前で、あっという間に歳を取っていく。髪が真っ白になり、顔がおじいさんのようにシワだらけになってしまう。

そうして、写真は灰みたいにボロボロに崩れ、そのまま消えてしまった。

※

自分の前で起きたことの意味が、ぼくには分からなかった。

でも。

なんとなく分かることもあるような気がするんだ……。

図書館でイマジナリたちが言っていた。

イマジナリはいつか人間とお別れする。

だけど、バンティングはそれが嫌だった、って。

それって、バンティングは自分のイマジナリ、あの黒い女の子と一緒に過ごす時間をずーっと繰り返したかった、ってことなんじゃないのかな。

未来に進まず、見えない友達がいるその時間にいること。多分、それがバンティングの願い。

でも、あの子を食べてしまったから、バンティングはその願いを自分でなくしてしまった。その途端、バンティングの中で止まっていた時間が一気に動き出した。あの子がいない「今」にいる理由なんて、バンティングにはないから。

それにしても、どうして、あの黒い女の子は自分からバンティングに食べられるようなことをしたんだろう？

……いや。

それも少し分かるかも。

絶対にそんなことは起こらないと思うけど。

もし、アマンダがバンティングみたいになってしまったら。

ぼくもきっと、同じことをする――。

※

「ママ」

「うん、大丈夫、大丈夫よ」

涙ぐんだママとアマンダが声をかけあってる。

とんでもないことが何度も起きたせいか、ママの顔は真っ青だった。でも、もう心配はないんだってママにも分かったみたい。

ほーっと大きく息を吐くと、ママの頬が血の色を取り戻した。それから、ママは目の前にいるアマンダに笑顔を向けて、

「おかえり、アマンダ」

おでこに、そっとキスをした。

アマンダも心の底から安心したみたいな顔で笑った。

「ただいま、ママ」

ぼくとレイゾウコは、少し離れたところから二人を見ていた。

「ラッジの言う通りだった」

と、レイゾウコが穏やかな声で言った。

「大人になって、あの子はとっても幸せそうだ」

「うん。ぼくのアマンダも。とっても幸せそう……」

アマンダの笑顔、ぼくもこれまで何度も見てきたけれど。

あんなふうにママの手の中で笑ってる姿は初めてだ。

だから、思った。

アマンダはきっと、「答え」を見つけたんだって――。

「どうかしましたか？」

突然、病室のドアが開いた。中をのぞきこんできたのは看護師さんだった。

「あ、いえ」

ママが答えたところで、看護師さんは、ぱっと顔を輝かせた。その目はママじゃなく、そばにいるアマンダを見ていた。

「目を覚ましたんですね」

これにはママも笑顔で答えた。

「はい」

「良かったですね。先生に知らせてきます」

ドアが閉じて看護師さんがいなくなると、ママは確認するみたいに、ぼくとレイゾウコの方を振り返った。

レイゾウコはゆったりと尻尾（しっぽ）を振り、ぼくはうなずいた。うん、看護師さんには見えてなかったけど、ぼくたちはちゃんとここにいるよ――っていう返事の代わりに。

もう一度笑ったママが近づいてきて、ぼくたちのことを一緒に抱きしめた。

「ありがとう、ラジャー。ありがとう、レイゾウコ」

ママの腕の中で、レイゾウコがうれしそうに鼻を鳴らしている。

ぼくはママの手の中から、後ろにいるアマンダの方を見た。

アマンダも笑顔でこっちを向いていた。

と、その時だ。

ベッドの上で何かが光った。

エミリのゴーグルだった。

ゴーグルの中から光の粒が生まれ、天井へ昇っていこうとしている。……ぼくがアマンダと会えたから、エミリも安心してくれたんだろうか。

光の粒がいくつもいくつも出ていき、そして、ゴーグルは形をなくし、消えてしまった。

ぼくは隣にいるレイゾウコにささやいた。

「君は図書館に戻らないの？」

レイゾウコも小声で答えた。

「私はもうずいぶんと長く生きた……。お前さんは？」

「ぼくはね――」

※

ふと、辺りを見回してみると、ぼくはまた別の世界にいた。

病室じゃない。

さっきまでそばにいたママやレイゾウコもいない。

いるのは、ぼくとアマンダだけ。

そこは懐かしい屋根裏部屋だった。

ただ、いつもの屋根裏部屋と違うのは、たくさんのおもちゃや宝物が入った缶なんかがないことだった。クローゼットだけは部屋の隅に置いてある。壁や天井には、アマンダの傘の裏に描いてあった絵みたいな、青い空や白い雲が浮かんでいた。まるで、屋根裏部屋がアマンダの落書きと交じり合ってるような、そんな景色だった。

――きっと、アマンダの想像の世界だ。これ。

その屋根裏部屋で、ぼくとアマンダは向かい合っていた。

ぼくの体から、エミリのゴーグルと同じように光の粒が出ていこうとしている。

そんなぼくをまっすぐ見て、アマンダが口を開いた。

「ラジャー、来てくれてありがとう」

ぼくは首を左右に振った。

「ぼく一人じゃないんだ。図書館のみんなが助けてくれた。ジンザンに小雪ちゃん、エミリって子も」

ぼくがあげた名前は、アマンダにとっては知らないものばっかりだったと思う。

でも、アマンダはちゃんと分かってくれたみたいだった。ぼくがたくさんの誰かに助けてもらって、またアマンダに会えたんだってことを。

「うん」

と、アマンダがうなずいた。

ぼくは笑顔になると、

「アマンダ、君は喜びも悲しみも繰り返して、いつか大人になっていく」

これには、アマンダが少しハッとしたようにまばたきした。

「ラジャー……」

「アマンダ、ぼくはいつまでも、どんな時も君の中にいるよ」

一歩前に出てぼくが言うと、その言葉に重ねるようにして、アマンダもこう言った。

「来てくれてありがとう」

「？」

「三ヶ月と三週間と三日前」

あ――。

それは、ぼくが生まれた日。

ぼくの頭の中を、アマンダと過ごした今日までの出来事が駆けめぐる。

……そっか。

言わなくても、もうアマンダには伝わってたみたいだ。

まぶたの裏に熱いものをぼくは感じた。

「アマンダ……」

「うん、分かってる」

と、ぼくの目の前にまでやってきたアマンダが、ぼくのことを抱きしめた。

「消えないこと、守ること……そして、ぜったいに……」

「ぜったいに泣かないこと……」

アマンダの言葉に続けて屋根裏の誓いをつぶやいた時、ぼくの目から涙があふれ出した。

泣かないぼく、泣けないぼく。

誓いは、ぼくがぼくであり続ける確かな証（あかし）だ。

だけど、そのぼくが涙を流す時。

でも、終わりはやってくる。

終わりは無になることじゃない。

「………」

抱き合っていたぼくたちは、お互いの体を離した。

アマンダの悲しみ、苦しみ、喜び。

そんなたくさんの気持ちの中から、ぼくは生まれた。

でも、ぼくはまたアマンダの中に帰る。

この三ヶ月と三週間と三日、ぼくたちが体験した全部のことを持って。

きっと、それはアマンダの力になってくれる。アマンダはバンティングみたいにはならない。未来へ進むことを嫌がったりなんかしない。ぼくは消え、それでもアマンダの中にいて、アマンダがこれから出会う全てのことに立ち向かっていくための力になる。

だから、ぼくは――。

ぼくの前にいたアマンダの目からも涙がこぼれていた。

それでも、アマンダは笑顔をなくしたりしなかった。

涙をぬぐうと、アマンダは後ろを振り返った。

走りだし、屋根裏部屋の窓の下へ行く。

「ラジャー、行くよ！　最後の冒険に！」

こっちを見て、大きく両手を広げてみせたアマンダの顔にはもう涙なんかない。

その頭の上から、ぴかぴかと輝く星が現れた。

本物の星とは違う、アマンダが自分の宝物を入れていた缶のような星。前にアマンダは言っていた。あの缶も、アマンダのパパがアマンダにプレゼントしてくれたものなんだって。

現れた星はアマンダの周りをぐるりと一周したあとで、ぼくのところへやってくる。
「うん！」
星を手につかんで返事をしたぼくも、もう泣いてなんかいなかった。
屋根裏部屋の壁に映った青い空に、虹が見える。
虹の下にアマンダがいる。
ぼくは駆け出す。
最高の笑顔で、一番の友達のところへ。
最後の冒険に出かけるために。

※

見たこともない鳥。
見たこともない花。
見たこともない風。
見たこともない夜。
そんな素敵なもの見たことある？
ぼくはある。

本書は、映画『屋根裏のラジャー』の脚本をもとに
書き下ろしたノベライズです。

屋根裏のラジャー

ノベライズ／岩佐まもる
協力／スタジオポノック

令和5年 10月25日　初版発行

発行者●山下直久

発行●株式会社KADOKAWA
〒102-8177　東京都千代田区富士見2-13-3
電話　0570-002-301（ナビダイヤル）

角川文庫 23855

印刷所●株式会社暁印刷
製本所●本間製本株式会社

表紙画●和田三造

●お問い合わせ
https://www.kadokawa.co.jp/（「お問い合わせ」へお進みください）
※内容によっては、お答えできない場合があります。
※サポートは日本国内のみとさせていただきます。
※Japanese text only

ISBN 978-4-04-113991-2　C0193

◇◇◇

角川文庫発刊に際して

角川源義

第二次世界大戦の敗北は、軍事力の敗北であった以上に、私たちの若い文化力の敗退であった。私たちの文化が戦争に対して如何に無力であり、単なるあだ花に過ぎなかったかを、私たちは身を以て体験し痛感した。西洋近代文化の摂取にとって、明治以後八十年の歳月は決して短かすぎたとは言えない。にもかかわらず、近代文化の伝統を確立し、自由な批判と柔軟な良識に富む文化層として自らを形成することに私たちは失敗して来た。そしてこれは、各層への文化の普及滲透を任務とする出版人の責任でもあった。

一九四五年以来、私たちは再び振出しに戻り、第一歩から踏み出すことを余儀なくされた。これは大きな不幸ではあるが、反面、これまでの混沌・未熟・歪曲の中にあった我が国の文化に秩序と確たる基礎を齎らすためには絶好の機会でもある。角川書店は、このような祖国の文化的危機にあたり、微力をも顧みず再建の礎石たるべき抱負と決意とをもって出発したが、ここに創立以来の念願を果すべく角川文庫を発刊する。これまで刊行されたあらゆる全集叢書文庫類の長所と短所とを検討し、古今東西の不朽の典籍を、良心的編集のもとに、廉価に、そして書架にふさわしい美本として、多くのひとびとに提供しようとする。しかし私たちは徒らに百科全書的な知識のジレッタントを作ることを目的とせず、あくまで祖国の文化に秩序と再建への道を示し、この文庫を角川書店の栄ある事業として、今後永久に継続発展せしめ、学芸と教養との殿堂として大成せんことを期したい。多くの読書子の愛情ある忠言と支持とによって、この希望と抱負とを完遂せしめられんことを願う。

一九四九年五月三日